大魚讀品
BIG FISH BOOKS

让日常阅读成为砍向我们内心冰封大海的斧头。

UT OG STJÆLE HESTER

外出偷马

[挪] 佩尔·帕特森 著 余国芳 译

BY

PER PETTERSON

北京联合出版公司
Beijing United Publishing Co.,Ltd.

I

1

十一月初。上午九点。山雀冲撞着窗子。在撞击之后，它们有时连飞都飞不稳了，有时还会掉下来，躺在初雪的地上挣扎一会儿才能再起飞。我不知道它们看中了我的什么。我望着窗外的森林，湖边的树梢透着红光。起风了，我能看见水面上风的形状。

现在我住的这间小屋，位于挪威极东部的地方，有条河流进湖里。其实那不能算是条河，夏天时水好浅，春秋两季倒是活力无限，水里还真有鳟鱼呢，我就亲手抓到过几尾。河口离这儿只有一百米。桦树叶子落下的时候，我从厨房窗户就能望见。就像现在。河边有一栋屋子，它的灯一亮，我只要站在门口台阶上就可以看到。那里住着一个男人。他比我老，我想。或者是他显老。但或许那是因为我不清楚自己看起来到底什么样，也或许生活在他身上要比在我身上来得艰辛。也不排除有这种可能。他有一只狗，一只边境牧羊犬。

我院子里竖着一根上面有鸟食台的杆子。清晨天光渐亮的时候，我会坐在厨房餐桌旁喝着咖啡看着它们噗噗地飞过来。到目前为止我看过八种不同的鸟，这比我住过的任何地方看到的都要多，不过会飞进窗子里的只有山雀。我住过很多地方，现在人在这里。天光透亮的时候，我已经醒来好几个小时了。添了些柴，四处走走，读读昨天的报纸，洗洗昨天的碗盘，也没有多少。还听了听英国国家广播电台。收音机我差不多全天候地开着。我每天都听新闻，这个习惯已经戒不掉了，但我也不知道听这些还有什么用。他们说，如今六十七岁并不算老，我也真没觉得老，我感觉还很精神。但是当我听新闻的时候，那种感觉已与以往不一样了。它已不再像从前那样影响我对这个世界的看法。这或许是新闻出了问题，也或许是播报的问题，又或许是信息过剩了。好在英国国家广播电台每天清晨播送的世界新闻，听起来都跟国外有关，没有一件事是关于挪威的。而像板球比赛——这是我过去从来没看过的一种球赛，应该说以后也绝对看不到了——一些国家的排名，像牙买加、巴基斯坦、印度和斯里兰卡等，我都可以得到最新动态。但我注意到，“母国”英国好像经常吃败仗，这真是有点那个。

我也有一只狗，它的名字叫莱拉，很难说是什么品种，不过这没那么重要。我们已经出去过了，带着手电筒，循着我们惯常走的小路，沿湖而行，临岸处还结着几毫米的冰，岸边的灯芯草带着秋天的黄，雪从暗沉的天空静静地、重重地落下来，引得莱拉东闻西嗅的，快乐得不得了。现在它紧挨着炉子躺着，睡着了。雪也已经停了。随着白昼的到来，雪全都会融化。这我从温度计上看得出来，它那红色的水银柱正跟着太阳一起往上升。

我这一生始终向往独处在这样一个地方，即使一切常常顺心如意。不是我夸张，还真是这样。我一直很幸运。可是就算在这种时候，比方说跟人拥抱，或有人随着我的心意在耳边软语的时刻，我也会突然想要去那样一个只有静默的地方。年岁老去，我也许可以不想它，但并不表示我不去向往。如今我在这里，它几乎就是我朝思暮想的好地方。

再过不到两个月的时间，千禧年就要结束了。我所属的这个教区将会处处有庆典和烟火。我不会去凑热闹。我要和莱拉待在家里，或许会走下湖去试试那冰层能否承受得住我的重量。我猜想届时会有零下十度的气温和月光，然后我要生个火，在那台老旧的唱机上放张唱片，让比莉·哈乐黛的声音近乎耳语，一如二十世纪五十年代在奥斯陆影院聆听她唱歌那次，气若游丝却磁性十足，接着我会应景地站在橱柜旁对着酒瓶豪饮。等唱片放完，我就上床睡它个天昏地暗。醒来已是全新的一个千禧年，根本不把它当一回事。我要的就是这样。

同时，我要花上几天把这里整顿一下。需要整顿的地方很多，我一直不大肯花钱。事实上，我准备多存些钱，来确保我对房子和这块地的所有权，但其实也没什么人来竞争。我当然知道为什么得是现在，但也没关系，开心就好。主要是，大部分的工作我想自己动手去做，即便我请得起木匠，钱不是问题，但是那样就会进展太快。我要利用所有可用的时间，我告诉自己，时间现在对我来说很重要。这不是走得快慢的问题，而仅仅是“时间”本身的问题。我就生活在其中，可以用各种身体力行的活动加以支配，因此它在我面前清清楚楚，无所遁形，就算我不看，也不会无端地消失。

昨晚出了一件事。

当时我在厨房旁边的小房间里睡觉。我在那里的窗下摆了张临时床铺，进入午夜时，外面漆黑一片，我睡得很沉。最后一次跑去屋子后面尿尿的时候，我感受到了屋外的那种冷。这是我给自己的权利。眼下这里只有一间户外厕所。面向西边的森林严密得很，也不怕有人看见。

惊醒我的是好大一声刺耳的声响，在极短的时间里重复了好几次，一下子非常安静，一下子又开始了。我坐起来，把窗子开出一条缝往外探。透过黑暗，我看见河边不远处有一点手电筒的黄光。那个握着手电筒的人八成就是弄出这些响声的人，只是我不明白那到底是什么声音，他又为什么要弄出那些声音。如果真是一个男人的话。接着那道光漫无目的地左右晃动着，仿佛有些无奈。后来，我看见了我那位邻居饱经风霜的老脸，他嘴里有样像是雪茄的东西。这时响声又来了，我才发现那是狗哨子，虽然之前我从来没见过。他开始叫唤那只狗的名字。“扑克！”他喊。扑克，是狗的名字。“过来，孩子。”他喊。我再次躺回床上，闭上眼睛，不过我知道睡不着了。

我只想睡一个好觉。我对自己睡了几个小时这件事愈来愈在意，虽然时数不多，需求却大不同于以往。一个晚上没睡好会带来连续好多天的不开心，把自己搞得心神不宁，做什么都不对劲儿。我没那个闲工夫理会，我需要专心睡觉。但不知为什么，我又坐了起来，两只脚摸黑踏在地板上，找到搭在椅背上的衣服。我抽了口气，没想到衣服会这么凉。我穿过厨房进到客厅，套上厚呢短大衣，从架子上拿了手电筒走上外面的台阶。真是黑得可以。我又开了门，把手伸进屋里去把外面的灯打开。这下好多了。上了红漆的外墙上投射出一圈温暖的光，照亮了院子。

运气不错，我跟自己说，还可以遇到在深夜里找狗的邻居，若是我，顶多难过个两三天，一切就又如常了。我打开手电筒，从院子来到大路上，走向他站着的小斜坡。他仍旧摇晃着手电筒，让光线兜着圈子慢慢地扫向森林的边缘，越过马路，沿着河堤再回到原点。“扑克！”他唤着，“扑克！”接着吹响了哨子。在这样安静的夜里，那哨音有一种不悦耳的高频率节奏。他的脸、他的身体，全都隐没在暗处。我不认识他，只跟他说过几次话而已，大都在清晨遛狗的路上，我带着莱拉经过他的屋子。我忽然很想回家去，不去管这些了，我能做些什么呢？不过现在他必定已经看见了我手电筒的光，来不及了。毕竟在这样的黑夜里几乎看不清面目的一个人不会没事独自待在这里。他不应该这样一个人待着。这样不对。

“哈喽。”我静静地招呼，配合这份安静。他转身，有一刻我什么也看不见了。他手电筒的光线笔直地打在我脸上，他发觉了，把手电筒朝下。我原地不动地站了几秒钟，等视觉恢复正常后，走向他的位置。我们一起站在那里，各自把手电筒的亮光从屁股的高度移向四周的景观，每一样东西看起来都不像白天看到的样子。我早已经习惯了黑暗。我不记得曾经怕过黑，可是一定有过，现在它感觉起来很自然、很安全、很透明——不管事实上里面隐藏了多少东西，也不具有任何意义。没有东西斗得过身体本身的光亮和自由；高度不是约束，距离不是限制，这些都不是黑暗的资产。黑暗本身只是一个任人遨游的无边空间。

“它又跑掉了，”我的邻居说，“扑克，我的狗，经常这样。它都会自己回来。可是它这样跑掉真叫人睡不着。现在林子里有狼。同时，我还不好关门。”

他似乎有些尴尬。我大概也会如此，如果是我的狗的话。要是莱拉跑了，我也不知道会怎么办，不知道我是不是也会出来寻找它。

“你知道他们说边境牧羊犬是世界上最聪明的狗吗？”他说。

“听过。”我说。

“它比我聪明多了，扑克，它知道的。”我的邻居摇摇头，“恐怕我都要听它的了。”

“哦，这不大好。”我说。

“是啊。”他说。

我这才惊觉我们还没真正地介绍过自己。我举起手，让手电筒的光照着它，好让他看得见。我说：“传德·桑达。”

这一招使他有些困惑。花了一两秒的时间，他才把手电筒换到左手，伸手握住我的右手，说：“拉尔斯。拉尔斯·豪居。‘居’要念成‘基’。”

“你一切都好吗？”我说。在这样的暗夜里，这句话听起来真是怪得可以。就像很多很多年前，我父亲在森林深处的一场丧礼中说“节哀顺变”一样。我立刻后悔说出这几个字，拉尔斯似乎没有在意。也许他认为这句话很恰当，在野外这种情况下，两个男人互相寒暄并不为过。

四下里一片寂静。白天晚上有风有雨地好几天了，风雨在松树和云杉间不断地呼啸，而现在森林里却全然静默，没有一个人影。我们一动不动地站着，我和我的邻居，死盯着黑暗，这时我确定我后面有东西。我没办法躲掉突然从背脊一路凉到底的寒意，拉尔斯·豪居也感觉到了。他把手电筒的光打在离我两三米远的一个点上，我转身，扑克就站在那里，十分僵硬，全身戒备。这种姿态我看见过，一只狗警觉又歉疚时的样子，就像我们大部分人一样。这是一件它很不喜欢的事，尤其当主人用一种近乎孩子般，跟那一张饱经风霜的老脸完全不搭的声调说话的时候。毫无疑问，这个男人不止一次经历过这样的寒夜，对付过各种不如意的事，发生在逆境中的麻烦事，非常严重的大事——我们握手的时候我感觉到了。

“啊，你到哪里去啦？扑克，你这只笨狗狗，又不听爸爸的话啦！真丢脸，坏小孩，真丢脸，太不听话了！”他朝那狗走近一步，它喉咙里发出深沉的咆哮声，两只耳朵都摆平了。拉尔斯·豪居停下了脚步。他把手电筒垂了下来，直到光线整个打在地上，我才看清楚那只狗身上有白色的斑纹，黑色的部分都混在夜色里了。那从动物喉咙里发出来的低吼继续着。这一切都显得十分怪异，很不调和，很不相称。我的邻居说：

“我以前射杀过一只狗，之后我对自己承诺以后绝不再犯。可是现在我也不知道了。”他失去了信心，很明显，下一步该如何做，他拿不定主意。我忽然为他感到极度难过。这个感觉来路不明，是从黑暗中的某个地方出现的吧，在那里有些东西会在完全不同的时间出现，或是从我生命中某个早已遗忘的角落出现的吧。总之，这个感觉使我窘迫又不舒服。我清了清嗓子，以一种自己不大能控制的声音说：“你射杀的是哪种狗？”

我并不认为我真的对这件事感兴趣，我只是要说一些话来平复胸口突然的颤抖。

“阿尔萨斯犬。不过那狗不是我的。事情发生在我长大的那个农庄里。我母亲先看见它的。那狗在森林边缘跑来跑去地追捕狍子——两只受到惊吓的小家伙，它们本来在北边草原边缘的草丛里吃草，我们从窗子里看到过好几次。它们总是紧紧地靠在一起，当时也是这样。阿尔萨斯犬追着它们，绕着它们兜圈子，咬它们的脚筋。两只小家伙疲于奔命，一点办法也没有。我母亲实在看不下去了，就拨电话给警官，问他该怎么办。他说：‘你就开枪打死它吧。’”

“‘你有事做了，拉尔斯。’她搁下话筒说，‘你做得了吗？’说真的，我不想做，我几乎没碰过枪，可是我确实替那两只小家伙感到难过。我当然不能让她去做这件事，可家里又没别的人。哥哥出海去了，继父每年这时候都在森林里帮邻近的农夫砍木头。所以，我拿起枪穿过草地往森林走去。到了那里，我四处看了看，没看到那只狗。我站定了听。那是秋天，白日里天气很清爽，四周出奇地安静。我转过身回头看家里，我知道母亲就靠着窗口看着我的一举一动。她不会让我半途而废的。我沿着一条小径再走进森林里查看，忽然看见两只狍子朝着我的方向狂奔而来。我蹲下来举起枪，脸颊贴着枪管，那两个家伙在慌乱中根本没注意到我，也或许它们已经没有力气顾忌另外一个敌人了。它们完全不改路线，笔直地朝我奔过来，真的是跟我擦肩而过，我听见它们在喘气，看见了它们瞪得大大的眼睛里的眼白。”

拉尔斯·豪居稍微停顿，举起手电筒照着扑克，它就站在我身后，没有移动。我没回头，但听得见那狗低低的吼声。那是一种令人心烦的声音，而站在我前面的男人则咬着嘴唇，左手手指无意识地搓着额头，然后才继续往下说。

“在它们后面三十米的地方，阿尔萨斯犬来了。那真是一个大家伙。我立刻开火。我确定打中它了，可是它没有改变速度和方向，身体好像颤抖了一下。我真的不清楚，于是我再开枪，它屈膝跪下，又再站起来，继续跑。我情急之下发出第三枪，它离我不过几米远，一个筋斗四脚朝天地滑了过来，刚好滑到我的鞋尖，但还没死。它瘫在地上，直勾勾地看着我，我得说，当时我真的有些为它难过，于是我弯下腰来最后一次拍拍它的头，它却吼着一口咬向我的手。我跳开了。这下惹恼了我，我连着砰砰两枪射穿了它的脑袋。”

拉尔斯·豪居站在那里，他的脸隐约可见，那手电筒无力地挂在他手上，只见一小圈黄色的光投射在地上。有松针、小石头、两枚冷杉球果。扑克一声不吭地站着，我怀疑狗是不是可以暂时停止呼吸。

“可怕。”我说。

“那时我才十八岁。”他说，“好久以前的事了，但我永远忘不了。”

“我完全能体会到你不肯再射杀狗的心情。”

“再看看吧。”拉尔斯·豪居说，“现在我得先把这一只带回去再说。太晚了。走吧，扑克。”这次他的声音很尖锐。他走上马路，扑克则顺从地跟在后面，隔开几米的距离。他们走到小桥的时候，拉尔斯·豪居停下来挥动手电筒。

“谢谢你陪我。”他在黑暗中说。我挥了挥手电筒，转身走上小斜坡。回家后，打开门，进入亮着灯的玄关。不知道为什么，我随手锁上了门，这是我搬来此地后从未做过的一件事。我不喜欢这么做，但还是做了。我脱了衣服，上床躺在羽绒被下，瞪着天花板，等待温暖慢慢地上身。我觉得这样有点蠢，然后我闭上了眼睛。在我睡着的时候，雪开始下了。即使睡着，我也知道变天了，越来越冷。我明知道自己害怕冬天，害怕下雪，也怕雪下得太多太大，但到头来，我还是把自己置于这样一个不可能应付得来的处境，搬来了这里。所以，我尽可能地去梦见和夏天有关的一切，让梦直到醒来时还在我脑子里。我以为我可以随便梦到哪个夏天，但事实不是，我梦到的是一个非常特别的夏天，即使现在坐在厨房的餐桌旁，看着洒在湖畔林木上的天光时，我仍然想着它。外面的一切都不再是昨天夜里的样子，我也想不出一个锁门的理由。我很累，但没有预期的那么累。我会继续累到傍晚，我知道我会的。我从餐桌旁站起身来，感觉有点僵硬，背也不如往日。而莱拉，它就在火炉旁，抬起头看着我。我们又要出去了吗？不是，还不是。想到了夏天，我有好多事要做，挺让人心烦的。那该做没做的事已经拖了好多年了。

2

我们要出去偷马。他是这么说的，人就站在小屋的门口，在我跟父亲来这里过夏天的时候。那时我十五岁，是一九四八年七月初的某一天，三年前德国人撤走了，但我不记得我们谈论过这些事。至少我父亲没有，他从来不提战争。

约恩常常来我们家门口，什么时间都有，要我跟他一道出去：射野兔，在清浅的月色里登山越林，在河里钓鳟鱼，或者把那些黄得发亮的圆木头当平衡杆走，在河川整治过后很久，这些木头仍旧挨着我们的小屋顺流而行。这很危险，可是我从来没说过一个“不”字，也从来没跟我父亲提过。从厨房窗口看得见这条长长的河流，不过我们并不在河的这一段玩平衡木。我们总是跑得远远的，将近一公里。有时候走得更远，要花一个钟头才能穿过森林走回家，在我们全身湿透发抖着拼命地爬上岸之后。

约恩只要我做伴。他有两个双胞胎弟弟，拉尔斯和奥得，而他跟我同岁。我不知道我在奥斯陆时，他都跟谁在一起。他从没跟我谈起过，我也从没告诉过他我在城市里做了什么。

他从来不敲门，总是将小船拴在河边，静悄悄地沿小径走过来，等在门口，直到我发觉他来了，但绝不会等太久。即便是大清早我还睡着，在梦里都会感受到一阵骚动，就好像尿急了，拼命要醒过来似的，然后我一睁开眼，知道其实不是为了那个。我直接走到门口，开了门，就看到他在那里。他露出那特有的微笑，习惯性地斜眯着眼。

“去不去？”他说，“我们去偷马。”

我后来发现，这个“我们”一般指的就是我和他。如果我不去，他就一个人去，那当然不好玩。再说，单独一个人偷马很难。事实上，也是不可能的。

“你等了很久吗？”我说。

“我刚到。”

他总是这么说，我从来不知道是真是假。我站在门阶上，只穿了条内裤，越过他的肩膀往外看。天已经亮了。河面上有丝丝缕缕的雾气，有点冷。不久会暖和起来的，可是现在我感觉鸡皮疙瘩爬满了我的肚子和腿胯。我仍旧站在那里注视着河水，看着它从稍远的河湾转过来，在雾气中亮亮地软软地流过去。它铭刻在我心里。整个冬天我都会梦见它。

“哪里的马？”我说。

“巴卡的马。他把它们围在森林的围场里，在农庄后面。”

“我知道。进来等我穿上衣服。”

“我在这里等。”他说。

他从来不进屋里，也许是因为我父亲。他从来不跟我父亲说话，连“哈喽”都不说。在路上买东西遇到彼此的时候，都只看着地上，而我父亲会停下来回过身看着他说：“这不是约恩吗？”

“嗯。”我说。

“他怎么回事？”我父亲每回都这么说，好像很尴尬。

每回我都说：“我不知道。”

事实上我真的不知道，我从来没想过去问。现在约恩站在门阶上，那其实只是一块石板。他垂眼盯着河水，我则从树干做的一把椅子背上抄起衣服，迅速穿好。我不喜欢让他站在那里久等，即使门开着，他从头到尾都看得见我。

显然我应该明白，那个七月的早晨有些特别，或许是河上的雾和山麓上的岚，或许是天空白亮的光，或许是约恩说话的方式，也或许是他在门口一动一静的样子。可是我才十五岁，我唯一注意到的是他没有带着总不离身的枪，那是为了以防万一有野兔从我们走的小径窜过。但这也没什么奇怪的，拿着枪只会碍事。现在只是去偷马，毕竟不是要去射马。就我当时的分析来看，他还是跟平常一样：时而沉着热情，时而斜眯着眼，一心专注于我们要去做的事上面，没有一丝不耐烦的迹象。我很中意这点，在我们的探险活动当中，跟他比起来，我是个迟钝的人。这早已不是秘密。他有多年的经验，而我唯一拿手的是跨骑在圆木头上顺水流，我的平衡感浑然天成，是个天才。约恩也是这么想的，虽然他没有明说。

他对我的指导就是勇往直前，只有我肯放开手，不要瞻前顾后地想太多而拖慢自己的脚步，才可以达成许多不可能达成的梦想。

“好了。都准备好了，走。”我说。

我们一起出发从小径走向河边。时间很早。扇形的阳光刷过山麓，给万物带来全新的色彩，水面上残留的雾气化开消失了。我感到暖意立刻钻进了毛衣，闭上眼睛，一步也不会踏错地走着，直到我知道我们已经到达河岸。我睁开眼，踩着河水侵蚀过的鹅卵石走过去，爬到船尾。约恩先把船推离岸边，再跳上来，拿起桨，短促有力地将船划入溪流。他让小船漂了一段才开始划，一直划到五十米开外的对岸。远到从小屋的方向完全看不到我们。

然后我们爬上斜坡，约恩走在我前面，我们沿着草原边的铁刺网走着，牧草在一层淡雾底下竖得高高的，过不了多久，就要被割掉放在架子上晒干。感觉好似走在只到屁股高的水域里，没有一点阻力，就像在梦境里。那时候我常常梦见水，我对水特别有好感。

这是巴卡的牧草地，我们来过很多次了，在牧草地之间有条道路通往小商店，身上有钱的时候，我们就走这条路去买杂志、糖果之类的东西。口袋里的钢镚随着我们的脚步，一个、两个，有时候甚至五个地一起叮当作响。或者走另一个方向去约恩家。每次去他家，他母亲都热烈欢迎，你如果见了，一定以为我是什么王公贵族。可是他父亲不是把头埋在报纸里，就是在谷仓里忙着一刻也不能等的活儿。这其中总有些我搞不太懂的地方，不过我不会为这事烦恼。他在谷仓里爱待多久就待多久，我根本不在乎。不管发生什么，反正夏天结束我就回家了。

巴卡的农庄在道路最远的一头，在他每隔一年种一次的燕麦和大麦田后面。从某个角度看，离森林和谷仓很近。他就在森林里用铁刺网在树与树之间、上下两个高度地围起好大一个范围，养了四匹马。这是他的森林，很大一片。他是这一区最大的地主，大家都受不了这个人，我不知道为什么。他从来没对我们做过什么事，我也从没听过他口吐恶言，可是他有一个大农场，而约恩是小佃农的儿子。在这块离瑞典边界只有几公里路的河谷地上，几乎人人都是小佃农，大多数人仍旧靠自己的庄稼收成和运去乳品场的牛奶度日，到了伐木季节就改当伐木工，在巴卡的森林里，或其他地方，要么就在那个从贝鲁姆来的阔佬的森林里；

西北边都是一大片一大片的土地。依我所见，大家都没什么钱。巴卡也许有一些，而约恩的爸爸没钱，我父亲当然也没有，至少我认为如此。所以我父亲是怎么凑足钱买下这间避暑小屋的，到现在仍是个谜。坦白说，我始终摸不清楚我父亲到底靠什么谋生，尤其是，靠什么在养活他自己、养活我们，因为他的工作常常一个接一个地换，总是牵扯许多工具和小机器。有时候他会做很多计划，握着铅笔在那里想事情，要不就是离家远行，走遍全国各地，各个我从来没去过也从来不知道是什么样的地方，反正他绝对不领薪水就是了。他常常有一堆事情要做，另外一些时候又很闲，不过，他还是想办法存足了钱。前年我们第一次到这里的时候，他四处走着看着，神秘兮兮地笑着，拍拍那些树，坐在河岸的大石头上托着下巴，望着河水，仿佛是在和老朋友们叙旧——有可能吗？那当然不可能。

我和约恩离开了草原的小径走上大路。虽然我们之前来过很多次，但这次的感觉很不同。我们是来偷马的，我们知道这代表什么。我们将成为罪犯。这会改变一个人，面貌会因此而改变，步伐也会因此而改变，让别人一点办法也没有。偷马人，是最坏的。我们知道贝克斯河以西的法律，我们看过牛仔杂志，也许我们可以说我们住在贝克斯河以东，很远很远的东边，以至于你也可以反过来说，就看你怎样看待这个世界了，可是法律是不讲情面的。如果被抓到了，直接就在你脖子上绕一条绳子挂在树上，粗糙的麻绳勒着柔软的皮肤，有人朝马屁股上用力挥一鞭，它就从你大腿下面飞奔出去，你就享用到一生都享用不尽的空气，而你的这条命在闪过的一堆愈来愈模糊的印象中消失，直至你自己、你所看见的一切全被掏空，然后眼前充满了迷雾，最终变成一片漆黑。才十五岁啊，这是你最后一个想法，没有什么大不了的事，只为了一匹马，然后一切的一切都太迟了。巴卡的屋子灰暗阴沉，坐落在森林边缘，显露出从未有过的压迫感。清晨，窗户很暗，也许他就站在那里看着大路，看得见我们行走的样子，清清楚楚地知道我们想做什么。

现在回转已经太迟了。我们在碎石子路上僵硬地走了两三百米，转过一个弯，屋子就看不见了。然后我们又继续走上另外一条小径，穿过另外一片也是归巴卡所有的野地，进入了森林。一开始林木又密又黑，全是高大的云杉，没有矮树丛，因为这里光线不能完全进来，只有深绿色的青苔，像巨幅的地毯，走在上面软软的。我们一步一个脚印地走着，每踩一步都能感觉到青苔往下一陷。约恩穿着破球鞋，走在我前面。我们绕过一个大弯，仍旧靠右边，头顶上的空间逐渐开阔，忽然就看见了两排亮晃晃的铁刺网。到了。我们眼前是一大块空地，这里的云杉全都被砍掉了，松苗和桦树出奇地高，孤孤单单的，背后没有半点掩蔽。有些树因为吃不消北边的风，连根倒了下来。在云杉的断枝残干中间，野草长得苍翠茂密。在更远处的一堆树丛后面，我们看见了那些马，只看得见马屁股，甩着尾巴拍打着马蝇。我们闻到马粪的气味，湿湿的苔藓味，还有无处不在的超越我们自身、也无法形容的又甜蜜又浓郁的味道，都是属于这个森林的。森林连绵不断地往北延伸，进入瑞典，越过芬兰，一直到西伯利亚。你很可能在这个森林里迷路，一百个人搜上好几周也绝不可能找到你。怎么会这么倒霉？我想着，干吗在这里迷路呢？只是当时我不知道这个想法有多么严重。

约恩弯下腰在两排铁刺网中间爬行，一只手按住较低的那一排，我躺在地上，从较低的一排网子底下滚过去，我们的裤子、毛衣一点都没有被钩破。我们小心翼翼地走过草丛，走向那些马。

“那棵白桦树，”约恩指着说，“爬上去。”离马匹不远处，有一棵很大的白桦树，枝丫粗壮，最低的部分离地三米。我二话不说，轻手轻脚地走向那棵大树。我一走近，那些马抬起头转过来看着我，然后继续嚼着草，没有骚动。约恩从另外一边以半个圆圈的方式绕过来。我踢掉鞋子，两手摸着树干后面，找到一个可以稳稳踩住的裂缝，把另一只脚平贴着树干，像猴子似的往上爬，爬到左手够住树枝为止。我倾身向前用右手抓牢了，让左脚滑离粗糙的树干，靠两手撑住自己一会儿，再把整个人往上提，坐在那里，两脚悬空晃荡。那个时候我做这种事轻而易举。

“好了，”我静静地招呼，“准备好了。”

约恩蹲在那些马匹前面，低声跟它们说着话。它们安静地站着，脑袋都向着他，耳朵往前推，听着那几近耳语的声音。反正从我坐的枝丫上听不见他在说什么，可是当我说“好了”的时候，他立刻跳起来，大喊：“嗬喂！”边喊边展开手臂。

那些马兜着圈子开始跑。不太快，也不太慢。两匹向左边跑，两匹笔直地朝着我所在的树跑过来。

“预备。”约恩叫喊着，以童子军招呼的方式向空中竖起三根手指。

“早预备好了。”我喊道。我把肚子贴着树枝，靠两只手保持平衡，两条腿像剪刀似的悬空张开。受到从地面传上树梢的马蹄声的影响，我胸口隐约有打鼓的声音，还有一种完全来自不同地方、来自内心深处的颤抖声，它从肚子发出，到屁股打住。无法可想，所以我干脆不想它。我准备好了。

那些马过来了。我听见它们重重的呼吸声，树震动得更强烈了，马蹄声填满了我的脑袋。在我刚好看到下方最近一匹马的口鼻时，我滑下树枝，两腿僵直地朝两边叉开，再一松手，降落到马背上。稍微太过接近它的脖子，它的肩胛骨撞到我的裤裆，一种想要呕吐的感觉直冲上喉咙。看电影里佐罗做起来好简单，我现在却眼泪直流，一面想吐，一面得双手死命地抓住马鬃，屈身向前，嘴唇抿得死紧。那马狂猛地甩着头，它的背部顶撞着我的裤裆，飞奔得愈来愈快。另外一匹马有样学样，我们一起像奔雷似的在树干之间奔驰。我听见约恩在我身后吼着“呀嗬”，我也好想大吼，可是我做不到。我满嘴都是要吐出来的东西，都不能呼吸了，终于我一股脑儿地全部吐到了马脖子上。现在，依稀可闻的呕吐物的味道，加上那些马匹的声音，让我再也听不见约恩的吼声了。突然，有一个很急促的声音响起。响雷般的马蹄声渐渐停止，马背一阵阵冲撞着全身，像是自己的心在猛跳，四周忽然出现的静默蔓延开来，盖过了一切。透过这份静默，我听见了鸟叫声。我清楚地听到云杉树梢有只画眉鸟，高高的天上云雀声声，还有好几种鸟儿唱着我没听过的歌。这感觉好诡异，就像一部无声的电影配上了一些别的声音，在同一时间我身处在两个地方，没有一点伤。

“呀嗬！”我尖叫。我可以听见自己的声音，但是这声音好像来自别的地方，来自鸟儿唱歌的广垠空间，是那片寂静中的一声鸟叫。这一瞬间，我感到非常快乐。我的胸口鼓胀得像手风琴的风箱，每呼吸一次就会有音符跑出来。这时，我看到面前的森林里有一样发光的东西，是铁刺网。我们已经冲过空地，以惊人的速度直奔另一边的围篱，马背又不断地撞击着我的裤裆，我死命地拽着马鬃，心想着：我们要跳过去了。可是并没有。就在快要到围篱的时候，两匹马同时一个急转，惯性把我从马背上甩了出去，我挥手踢脚地腾空而去，不偏不倚地飞过了围篱。我感觉到铁丝钩开了毛衣的袖子，一阵剧痛，然后我躺在石楠草丛里，强大的冲击力把我体内的空气全部冲掉了。

我大概有几秒钟失去了知觉，因为我记得自己一睁开眼，仿佛面对着一个全新的世界：眼前没有一件事是熟悉的，我的脑袋空空，什么想法也没有，一切都好干净，天空蓝得透明，我不知道自己叫什么，甚至连自己的身体也不认得了。无名无姓的我飘来荡去，第一次看着这世界，只觉得它出奇地光鲜亮丽，之后我听见一阵马嘶声，还有奔腾的马蹄声。忽然，似乎有根呼呼作响的回力棒啪地敲在我的额头上——全部又都找上来了，我想，要命，我瘫痪啦。我看着石楠草丛中凸出来的两只光脚丫，它们仿佛跟我一点关系都没有。

当我看见约恩骑在马背上，一条绳子绕着马鼻子，朝着围篱过来的时候，我仍旧疲惫地躺在地上。他用那条绳子控制着马匹。他拉扯绳子，恰好停在围篱的另一边，那马几乎是侧贴着围篱停住的。他垂眼看着我。

“你躺在这里？”他说。

“我瘫了。”我说。

“我想不会。”他说。

“应该会。”说着，我再看看自己的脚。之后我站起来。很痛，是背上，还有身体一侧，但里面应该没问题。前手臂一个伤口在出血，渗到了毛衣外面，那里正好被撕开了一个大口子，不过仅此而已。我把袖子剩下的部分扯下来，绑住受伤的胳臂，伤口痛得厉害。约恩平静地坐在马背上。现在我才看见他手里握着我的鞋子。

“你要不要再骑上来？”他说。

“我想不要了，”我说，“我的屁股好痛。”虽然那不是我受伤最重的地方。我感觉到约恩笑了一下，但不太确定，因为太阳光照着我的脸。他滑下马，松开缠着马鼻子的绳子，手一挥，叫它走。马儿快乐地跑开了。

约恩又用原来进去的方式钻出了围篱，脚步轻快利落，哪儿都没刮伤。他走过来，把我的鞋扔到石楠草堆里。

“你可以走吗？”他说。

“可以吧。”我说。我把两只脚推入鞋子里，没系鞋带，免得还要弯腰，然后我们继续往森林深处走去。约恩拿着一根软树枝带着我走，我的背很僵硬，一条腿得稍微拖着，一只手臂牢牢地贴着身体。林子里的路还长着呢，我担心时候一到可能走不到家了。我随即想起几个星期前父亲要我去小屋后面割草的事。草长得太高，不久就会倒下来变成一个硬硬的草褥子，到时候什么东西也长不出来了。“你可以用短柄镰刀，”他说，“对一个生手来说，拿起来比较容易。”我去棚子里取出镰刀，铆足了力气开始干活，试着像父亲从前那样开出路来，我看过他做这些。我干得满头大汗，成果不错，虽然镰刀对我来说算是一种全新的工具。沿着小屋的墙壁有一大块带刺的荨麻，长得又高又密，我得绕大半个圈子才能继续工作。父亲转过身来看着我。他歪着头搓着下巴，我直起身子等着听他的高见。

“为什么不把荨麻割了？”他说。

我低头看着短镰刀，再看看那些高高的荨麻。

“会伤到。”我说。他半带笑地看着我，微微地摇了摇头。

“等伤到了再做决定吧。”说着他突然严肃起来。他走向荨麻丛，空手抓住一把带刺的荨麻，稳稳地把它们连根拔起，一把接一把，摞成一堆，在没拔完之前不打算罢手，他脸上没有一点痛苦的表情。我跟着约恩走在小径上，觉得有点难为情，于是挺直身子调整步伐，照着正常的姿态走。走了没几步，我想不通自己为什么不一开始就这样走。

“我们要去哪里？”我说。

“我要给你看样东西，”他说，“不远。”

现在太阳升得很高了，树底下很热，闻起来都有热的味道，森林里到处都是声音：有鸟儿拍动翅膀的声音，有枝丫断裂的声音，有鹰的尖叫声，有野兔发出来的咻咻声，有蜜蜂拈花时隐约发出的嗡嗡声。我听见蚂蚁在石楠丛里爬。我们行走的小径随着山坡的走势向上，我用鼻子做深呼吸，想着不管日后命运如何转折，行脚走到多远，我要永远记得这个地方这一刻的样子，想念着它。转过身来，透过冷杉和松树那错落的枝条，我看见远处山谷底下闪烁蜿蜒的河流，我看见巴卡锯木厂的红瓦屋顶在河岸偏远的南方，窄窄的河道旁，那条绿色小径上还有好几间农舍。那里的每户人家我都认识，我也知道每间房子里住了多少人。就算看不见河岸边更远处我那间小屋，我也可以明确地指出它在哪些树后面。我不知道父亲是否还睡着，也许他正走来走去地在找我，他并不会担心我到底去了哪里，会不会很快回家，他该不该开始做早餐。想到这里，我忽然觉得好饿。

“到了，”约恩说，“喏。”他指着离小径稍微有些距离的一棵大杉树。我们站定了。

“这棵树好大。”我说。

“不是那个，”约恩说，“过来。”他走向大树，开始往上爬。这并不难，最低的树枝又长又结实，沉甸甸地垂着，很容易抓住，不一会儿他就上了好几米。我也跟上。他爬得好快，爬了将近十米之后，停下来坐着，等我们两个高度齐平。树上的空位多的是，我们本可以肩并肩坐在各自的粗枝干上。他指着他坐着的那根树枝，有一处一分为二。有个鸟巢垂挂在分叉点上，看着好像一个很深的碗，或一个蛋卷冰激凌筒。我看过许多鸟巢，但从没见过这么小的，那么轻，用青苔和羽毛编造得那么完美。它不是挂着的，而是悬着的。

“戴菊莺，”约恩压低了声音说，“第二窝。”他弓身向前，把手伸向鸟巢，用三根手指探进覆盖着羽毛的开口，摸出一枚鸟蛋，迷你极了，我只敢坐在那里盯着看。他把鸟蛋平衡在指尖上，递到我面前，好让我看得更清楚。我目眩神迷地看着它想到，再过几个星期这个迷你的小椭圆就会变成一只活生生的长着翅膀的鸟，可以飞离树枝、俯冲直下却从来不会失足坠落，可以随心所欲地一飞冲天，把地心引力彻底抛开。我脱口说出：“天哪！太诡异了，那么小的东西居然能活还能飞。”

这个说法也许并不恰当，更不足以形容我内心的激动。在那一刻出现了一件我完全无法理解的事，我抬起眼，看见约恩的脸色紧张而惨白。是因为我脱口而出的那两句话，还是他手里握着的鸟蛋？我始终不知道，总之有什么让他骤然改变，他直勾勾地看着我的眼睛，仿佛之前从来没看过我似的，这也是他唯一一次没有眯眼，眼珠又大又黑。突然他摊开手，任小鸟蛋掉下去。它沿着树干往下落，我的视线跟随着它，眼看着它掉到下面一根树枝上，碎了，分解成苍白的小碎片，往四面旋啊转啊，像雪花一样，几乎毫无重量，轻轻柔柔地飘开了。也或许那是我记忆中的样子，我记不起还有哪件事能让我如此情急。我再抬起眼看约恩，他已经倾过身子，用一只手把悬在树杈上的鸟巢扯下来，撑直了胳臂，就在我眼前几厘米的地方，把它夹在手指间捻成粉末。我想说话，却一个字也说不出来。约恩的脸像一张粉白的面具，张着嘴巴，那嘴里发出来的声音令我全身发冷，我闻所未闻，像一只我从未见过也绝不想见的动物发出的嘶哑的声音。他再摊开手，拿碎鸟巢用力拍打树干，在树皮上揉搓，小碎屑不断地往下飘，最后只剩下一块我不忍去看的污斑。我闭起眼睛，紧紧闭着，等我再睁开的时候，约恩已经爬下去了。他几乎是一根树枝接一根树枝地往下滑的，我俯看着他一头棕色的怒发，他一次也没抬头。剩最后几米时，他干脆让自己笔直地坠落，咚的一声栽到地上。我坐在上面听得很清楚，他像一只空袋子似的跪扑下去，额头着地，就这样蜷缩在那里一动也不动，在这整个无止境的时间里，我连大气都不敢喘。我不明白到底发生了什么，但能感觉得出是我的错。我只是不知道为什么。最后他僵硬地站起来走到小径上。我呼出一口气，再慢慢地吸进去，胸口一阵呼啸，我听得清清楚楚，很像气喘。我在奥斯陆认识一个得气喘病的男人，他就住在我们那条街上，他呼吸的时候就像我现在这样。我得了气喘病了，我想，该死，气喘病原来是这么来的，是在有事发生的时候。我开始往下爬，不像约恩那样快，比较像是把每一根树枝都当成我必须好好抓牢的地标，以免错过任何一样重要的东西，全程我都想着呼吸。

天气是不是在那时开始变的？大概是吧。我站在小径上，约恩已不见踪影，消失在我们来时的路上。忽然我听见树上有一阵急促的声音。我抬起头看见云杉的树梢摇来摆去，我看见高高的松树在风中弯了腰，我感觉到脚下的土地在晃。就像站在水上，我的头好晕，我四下张望想找个支撑，可是所有的东西都在动。天空，刚才还蓝得那么透明，现在却成了铁灰色，在山谷另一边的山脊上，闪过一道昏暗的黄光。随后，又闪过一道强光，紧跟着一声巨响，我全身都感觉到了。气温在下降，我胳膊上被铁刺网划开的地方开始作痛。我尽可能地加快脚步，几乎跑了起来，沿着我们来时的小径，跑向马场。到了那里，我望过围篱，望过树林，一匹马也没看见。那一刻我很想抄近路穿过林间的空地，结果却沿着围篱的外面，足足绕了一大圈才走上通往大路的小径。我向左转，开始跑步，风停了，森林非常静，新出现的气喘病折磨着我的胸膛。

我站在大路上。几个雨滴敲着我的额头。我看到约恩了，他没有跑，否则我们不会离得这么近。他走得不是很快，也不是很慢，就只是走着。我想应该叫住他，让他等一等，但我不确定自己的气够不够。再说，他的身影里有一种莫名的东西令我退缩，所以我继续走在他后面，一路都和他保持着相同的距离。经过巴卡的农庄时，农庄的窗户都亮起了灯光。天色太暗了，我不知道巴卡是否站在窗户里看着我们，知道我们去了哪里。我望向天空，希望雨就到此为止。就在这时，山头又出现一道闪电，同时又是一声巨响。我从来不害怕雷声，现在也不怕，只是我知道当闪电和雷声如此接近的时候，很可能就会击中离我不远的地方。像这样毫无遮掩地走在路上是种很特别的体验。雨像一堵墙似的冲我而来，我忽然就处在那一堵墙的后面，不到几秒钟全身湿透，就算光着身子也没什么差别。整个世界都是灰色的，都是水，我几乎看不见走在我前面一百米左右的约恩。我并不需要他带路，我知道该往哪里走。我转上小径穿过巴卡的牧草地，就算我全身没湿透，那高高的牧草也准会使我的裤管变得又黏又重。不过，现在都无妨了。我想着，如今巴卡得等上好几天才能割草，要先让草干了才行。湿草不好割。我不知道他会不会像前一年那样，叫我和父亲过去帮忙堆干草堆。我也不知道约恩是不是上了小船，一个人过河去了，或者在河岸等着我。我可以回头走小店那条路，再由另一边穿过森林，只是那条路太长又难走。或者我可以游过去。现在水一定很冷，水流也很强。我一身湿衣服，冻得难受，不如脱了。我停下来，脱掉毛衣和衬衫。很不容易，它们贴在我的身体上，最后总算脱了下来，我把衣服卷成一捆夹在胳臂底下。每样东西都那么湿，简直有点可笑，雨水打在我光溜溜的身上，反而以一种奇特的方式温暖着我。我用手摸着皮肤，居然什么感觉也没有，皮肤和手指全都麻木了，我又累又困。我想，要是躺一会儿，闭一下眼睛，那该多好啊。我继续走了几步，用手抹掉脸上的雨水。我觉得头晕。我就在河边上，之前却没听见水声。约恩在我面前，坐在小船上。他的头发，平常总是一副怒发冲冠的样子，现在湿得全部贴在头皮上。他从雨里看着我，撑起桨，把船尾顶向河岸，一句话也没说。

“嗨。”我笨拙地走完最后几米路，踩上光滑的卵石。我滑了一下，不过没摔倒，然后上了小船，坐在后面的座板上。我一上船他就开始划，很辛苦，我看得出来，因为我们逆着水流，小船动得很慢。他一定很累，不过他还是要送我到家。他自己住在下游，我很想说不必麻烦了，他只要送我一程，剩下的路我自己会走。可是我什么也没说。我说不出来。

终于，我们到了。约恩把小船用力转过来，尽量贴近岸边，方便我直接跳上岸。我上去后，站在岸上看着他。

“再见，”我说，“明天见。”他没有回答，只把桨提出水面，任由小船自己漂。他回头定定地望着，那细窄的眼神，当时我就知道这辈子也忘不掉。

3

我和我父亲，我们提前两个星期出发，从奥斯陆搭火车到艾佛伦，再坐好几个钟头的巴士。巴士有一套我永远搞不懂的停靠路线，总之常常在停。有时候我顶着炙热的大太阳坐在发烫的座位上睡着了，一觉醒来往车窗外看，似乎一点儿都没动过，依旧是我睡着之前的景象：一条曲折的碎石路，两旁的田野和农庄，白色的房舍和红色的谷仓，有些很小，有些比较大。路旁铁刺网围篱后面的牛群躺在草地上，在阳光下半眯着眼咀嚼，它们几乎千篇一律，都是棕黄色的，只有少数在棕或黑上面夹杂着一些白斑。农庄后面有着蓝色树荫的森林一路延伸到不变的山麓。

这个旅程或多或少总要耗上一整天，怪的是我不会觉得无聊。我喜欢看着车窗外，看得眼皮变得又重又热，睡个觉，醒过来再看，起码超过一千次了。再不然，我就转过来朝我父亲那边看，他全程都把鼻子埋在书里，是很专业的一本书，有关建筑或机械、马达方面的，他超爱这些东西。他抬起头看看我点头微笑，我也会回他一个微笑，之后他又专心致志地埋头书页里。我在睡梦中梦见很温暖的事、很愉快的事，我最后醒过来总是因为父亲在摇我的肩膀。

“嗨，老大。”他说，我睁开眼四处看。巴士停了，引擎也关掉了，我们站在小店前面的大橡树底下。我看见通往大桥的小路，桥下的河流特别窄，湍急的水流冒着泡泡，低低的日头，四溅的水花闪耀着光芒。我们是最后下车的旅客，这是终点站。巴士不再向前行了，从这里开始，我们必须步行。我心想父亲就是这样，尽可能地带我远行，在这一个仍然称作是挪威的地方。我不会问为什么非要在这里，这很像是他在测试我，但我不介意。我信赖我的父亲。

我们从巴士后面的行李厢里取下包和工具，走向大桥。在桥中间，我们停下来看着近乎绿色的急流，抓起钓鱼的竹竿，在新的木头栏杆上一阵拍打，再朝河里吐一口口水。父亲说：

“等着瞧吧，雅各布！”

雅各布是他对所有鱼群的称呼。他总是带着轻蔑的笑容对着河水，让胸口抵着栏杆，并伸出一只装腔作势的拳头——“等着瞧吧，雅各布，看我们来逮你了。”他曾用这种模样对着家乡奥斯陆的海水湾，也曾对着这条绕了大半个圈子，从瑞典边境流经这个村子，再往南走几公里流回瑞典的河。我记得前一年我看着桥下回旋的河水，心里想，不知道有没有办法，或者有没有可能看出来、感觉出来，甚至尝出来这水真的是从瑞典来的，且只被借调到边境这一侧。只是当时我还太年轻，对世界知道得不多，终究那只是一个幻想。我们站在桥上，我和父亲，我们相视而笑，我觉得满腹的期盼在蔓延。

“如何？”他问。

“不赖。”我忍不住哈哈大笑。

现在，我在雨中从河里上岸。在我身后，约恩还在急流里划着小船。我不知道他是否也会大声跟自己说话，像我一个人的时候那样，叙述着自己刚刚做过的事，左思右想，最后用一句“我没得选择”作为结束。可能他不会。

我全身冰冷，牙齿打战，毛衣和衬衫都夹在臂弯里，现在再穿上已经太迟了。天空比平常的黑夜还要黑。父亲在小屋里点起了煤油灯，窗户上映出温暖的黄光，烟囱里的灰烟一升起来，立刻被风吹向屋顶，屋瓦上水和烟混在一起，看起来像灰色的麦糊。很诡异的景象。

门半掩着。我径直走上门廊，嗅着从门缝里飘来的培根的香气。我停在屋檐底下。经过这么长的时间，终于第一次，雨水不再从我头上哗哗地流下来。我站了一两分钟，拉开门走进去。父亲在炉灶边做早餐。我站在门槛上，水滴落到碎布毯上。他没有发现我。我不知道现在几点，不过我知道他已经尽量延后了做早餐的时间。他在衬衫外面套了件全是破洞的旧毛衣，这是他工作时最喜欢的行头。从我们来到现在，他没刮过脸，他的胡子变长了。“毛毛的，不受控制啊。”他会摸着下巴说。我喜欢这个男人。我咳了一声，他转过身来，歪着头看我。我等待他发话。

“哈呀，好一个湿小子。”他说。

我点点头。“是啊。”我牙齿打战地说。

“站着别动。”他把煎锅从火上移开，进入卧室拿了条大毛巾过来。

“把鞋子、裤子脱了。”他说。我照他的话做。好不容易，我全身光溜溜地站在地毯上，感觉自己又像个小男孩了。

“过来炉子这边。”我走向炉子。他添了两块新的圆木头进去，关上炉子的小门。透过调节闸，我看到火焰在蹿升，热浪从黑色的生铁上一波波涌上来，几乎烫痛了我的皮肤。他拿毛巾围住我，开始搓我的身子，起先很小心，然后愈来愈用力。我觉得全身仿佛着火了，就像印第安人在搓着两根木棒生火一样。我原先是一根僵硬的干柴，这会儿变成了一个炽热的火人。

“给，自己围好。”他说。我把毛巾牢牢地围在肩膀上，他又去卧室拿来干净的裤子、厚毛衣和袜子。我很慢很慢地穿上。

“饿吗？”他问。

“饿。”我说。之后好长一段时间我都不再说话。他端来亲手用旧烤箱烤熟的培根、蛋加面包，然后切成厚块，涂上黄油。我吃遍了他摆在我面前的每一样东西，他也坐下来吃。我们听着雨啪嗒啪嗒地打在屋顶上，雨下在河上、约恩的小船上、去小店的路上，还有巴卡的牧草地上；雨刷过森林和马场里的马匹、树上所有的鸟巢，还刷过麋鹿和野兔，以及村子里每户人家的屋顶，但是小屋里面温暖干爽。炉灶里噼啪地响着，我吃到盘子见底，父亲嘴角半带笑意地吃着，好像这是一个再平常不过的早晨。其实不是。我忽然觉得很累，身子一趴，头枕在手上，就着桌子便睡着了。

醒来时我躺在下铺的羽绒被下，这本来是父亲的位置。我身上还穿着衣服。太阳光从小屋后面的窗子射进来，我直觉时间早已过了十二点。我推开羽绒被，直接起身，把两只脚放到地上。感觉很棒。只有一边有些软瘫无力的感觉，不过不太要紧。我走进客厅，门敞开着，院子里有太阳。潮湿的草地亮闪闪的，雾气像地毯一样飘在离地一米左右的上方。一只苍蝇在窗子上嗡嗡地叫着，飞来飞去。父亲站在角落的碗柜旁边，从背包里取出来一些食品杂货，搁在架子上。显然他趁我睡觉的时候已长途跋涉地去了一趟小店。

他看见我，立刻停下手边的事，站在那里，一只手还拎着一只袋子。四周非常静，他非常严肃。

“你觉得怎么样？”他说。

“还好，”我说，“我觉得还好。”

“太好了。”他说完便安静下来，过一会儿又说，“今天早上你出去的时候，是跟约恩一起，是吧？”

“嗯。”我说。

“你们做什么去了？”

“我们去偷马了。”

“你说什么？”父亲吓了一大跳，“谁的马？”

“巴卡的马。我们不是真的偷，只是偷着骑。把它说成‘偷’，听起来比较刺激。”我小心谨慎地笑着，他却没有半点笑容。“不太成功，”我说，“我摔下来了，刚好摔过铁刺网的围篱。”我举起手臂给他看伤口，他却只是严肃地盯着我的脸。

“约恩呢？”

“约恩？他还是跟平常一样。只是在最后，他要给我看高高地挂在云杉树上的一窝戴菊莺的小鸟蛋，后来他突然就把整个鸟巢给捻碎了，就像这样——”我再次举起手臂，用拳头做出一个挤压的动作。父亲把最后一只袋子放进碗柜，仍旧看着我，点点头，接着关上了碗柜门，摸着他长满胡子的下巴。我又继续说：

“然后他就走掉了，雷雨就开始了。”

父亲将背包拿到门口，放下，站在那里背对我望着院子。他搔搔脖子，转身回来，在桌子旁边坐下，说：

“你想不想知道大家都在小店里说什么？”

我其实并不想知道人家在小店里说些什么，但他还是会告诉我的。

“想。”我说。

前一天，约恩带着他的枪出去，像往常一样去猎野兔。我不知道他为什么那么痴迷于打野兔，总之这已经成了他的绝活，他很棒，两只总有一只中。以野兔这样机灵的小动物来说，这算是相当厉害了。我不知道他们全家是不是把这些野兔都吃了，他们应该吃得有些腻了吧。总之，他晃着两只耳朵上绑着细绳子的兔子回家去了，笑得像太阳一样。因为那个早上他总共发了两枪，都击中了目标。即使对他来说，这也是一次罕见的胜利。他打算回家见他的父亲母亲，炫耀他的战利品，可是他母亲去印百答拜访朋友了，他父亲在森林里。当时他匆匆赶着出门，没注意家里有没有人在，而照顾两个双胞胎弟弟又是他的责任。他在玄关放下枪，把拴着兔子的细绳挂在挂钉上，奔进屋子找两个弟弟，但没有看见人影。他再跑进院子，绕过柴房转到谷仓里，还是找不到他们。现在他慌了。他冲下河，沿着他们常去的小码头边找，转过头沿着上游的河岸找，又沿着下游找，找来找去，只看到一只松鼠在一棵云杉树上。

“该死的树熊。”他说。他倾身面向河水，两只手在水里拨拉着，仿佛想把水拨开了，让他看得更清楚些，但这毫无意义，水只到他的膝盖处，而且清澈见底。他直起身子呼了一口长气，努力地想着，就在这时，他听见屋里传来一声枪响。

枪！他忘记做安全处理了，没有把最后一颗子弹取出，这是他每次回家必做的一件事。这个武器是他唯一珍贵的东西，他照顾它，擦拭它，让它保持最好的状态，仿佛它就是他的小宝宝，从他十二岁生日那天父亲送给他之后就一直如此。他谨记父亲严格的训示，怎么才叫使用得当，怎么叫使用不当。他总是把枪膛拉开一半，取出所有的子弹，再挂到墙上柜子里的挂钩上。这次他只是把它搁在了玄关。他忽然想起了自己的疏忽：他要负责照顾两个双胞胎弟弟，当时只有他们两个留在家里，都才十岁。

约恩从河里蹿上来，沿着河岸，抄直线往家里狂奔。这条路似乎太长了，又湿又重的裤管贴在他的膝盖上，他的鞋子嘎吱作响，每走一步就嘎吱一下，令他想吐。快到家的时候，他看见父亲从农舍另一边的森林里跑了出来。他从来没见父亲跑过，这个块头硕大的男人从树林里飞奔而出，冲入院子，跨着重重的步子，两只胳臂笨拙地举到肩膀的位置，仿佛在水里奔跑一样。看到父亲这副模样，约恩惊呆了。他停下来栽在草地上。无论发生什么，现在都已经太迟了。他父亲是第一个进入屋子的人，约恩知道自己不想看到已经发生的事实。

事实是这样的，两个双胞胎弟弟一整个早上都在地下室里玩着那些没人要的旧衣服和破鞋子。后来，他们嘻嘻哈哈地跑上楼，在门口绊了一跤，摔倒在走廊上，就在那里，他们看见了挂在挂钉上的两只野兔，而那把枪靠墙摆着。是约恩的枪，他们知道，大哥哥约恩是他们的英雄。如果他们像我一样在那个年纪也有偶像，那约恩就是戴维克罗①、吉米·哈兹福特②和哈克贝利·费恩③的化身。凡是约恩做的事，他们都要模仿，把它变成游戏。

拉尔斯捷足先登，他抓起枪一面摇晃一面喊："快看我！"

他扣下扳机，枪托迸出来的声响和后坐力震得他尖叫着倒在了地板上，他并没有瞄准任何东西，他只想握着这把神奇的枪做一次约恩。他有可能打中木盒子，台阶上的小窗户，那个挂在挂钉上方、镶着长胡子爷爷照片的漆金相框，或者那个没有罩子、从来不关掉、好让夜里外出的人从窗外看见灯光而不会迷路的灯泡，但是这些东西他一样也没打中，他直接近距离打中了奥得的

---

① 戴维克罗：日本电影《戴维克罗的恋爱和魔法》中的山本光所创作的漫画形象。

② 吉米·哈兹福特：日本动画《白银的意志》中的女主角。

③ 哈克贝利·费恩：美国作家马克·吐温所写的《哈克贝利·费恩历险记》中的主人公。

心脏。这事如果发生在西部小说里，书里一定会把奥得的名字写在那颗子弹上，或是写在星星里，或是在命运这本大书里写上一笔。在这电光石火的时刻，谁也找不到、编不出什么理由来解释，这是超能力造成的，只有超能力才能使枪口这样精确地瞄准方向。然而事实不是这样的，当约恩整个人缩在草地上，看着父亲怀抱着他的小兄弟从屋子里出来时，他知道那本唯一让奥得留下名字而不被删除的书就是教堂里的登记簿。

我父亲不可能告诉我全部，也不可能这么详细。但这就是它在我记忆里烙印的方式，我不知道是否从一开始画面就是这样被填满的，还是经过了岁月的淬炼。无论如何，残酷的事实无可争辩，事情发生了就是发生了。我父亲隔着桌子满是问号地看着我，好像我可以对这整件事说出一番更有道理的话，因为我比他更熟悉这出戏里的人物。而我只看得见约恩惨白的脸孔，大雨落在湍急的河上，他把小船撑开，任它随水漂流，漂向他住的地方，漂向在那里等待着他的人。

“还好，还不算是最坏的。”我父亲说。

在拉尔斯射杀他的双胞胎兄弟奥得的前一天，大清早，他们的母亲搭便车到印百答，那是来店里送货的一辆小货车。第二天，也就是事情发生的当日，他们的父亲要坐马车去接她。他们的马叫布拉米娜，是一匹十五岁的白斑脸、白蹄子、身强体壮的红棕色挪威母马。它很漂亮，我觉得，不过跑起来不够轻快。约恩认为它有花粉过敏症，这使它呼吸声很重，而且这对马来说实在很不寻常。叫它跑一趟印百答，来回总要大半天。

他父亲抱着死了的男孩站在院子里。他的大儿子瘫在草地上，一动不动，仿佛他也死了。他父亲知道自己不得不去，他答应过的，没得选择。如果想要及时到达那边，他就该马上起程。他转身再次走进屋子里。拉尔斯就站在玄关那里，整个人硬邦邦的，不说一句话。他父亲看见了，只是现在他的脑子里已装不下其他的事，他走进卧室，把奥得平放在双人大床上，找了条毯子盖住那小小的身体。他换掉身上沾了血污的衬衫，换掉裤子，再去给布拉米娜套上马车。他用眼角的余光看到约恩站起来慢慢地走向马厩，套好马后，约恩就站在那里。他转身一把扣住约恩的肩膀——他事后想起，那动作很粗暴，不过那孩子一声没吭。

“我不在的时候你要照顾好拉尔斯。这个你起码可以做到吧？”他朝台阶那边望，拉尔斯走到了阳光下，站在强光里眨着眼睛。他父亲用手抹了把脸，闭了一会儿眼睛，然后清清喉咙，爬上车厢。他挥鞭抽了一下马，马车起动了，穿过大门上了大路，经过小店，缓慢地驶向前往印百答的长路。

约恩带着拉尔斯坐上小船去河边钓鱼，他再也想不出其他事。他们在外面待了好几个小时。两个人说了些什么话，我无从想象。也许他们根本没有说话。也许他们只是站在河岸上，一人拿一根钓竿，钓着鱼，一抛一收，再抛再收，两个人之间隔了好远的距离，围绕着他们的只有森林和异常的静默。这个我可以想象。

回到家，他们提着小小的渔获去谷仓里坐着等。他们一次也没进过屋。到了入夜时分，他们听见布拉米娜踏上碎石路的马蹄声和辘辘的马车声。两兄弟你看着我我看着你。他们宁可在这里再多坐一会儿。约恩站起来，拉尔斯跟着他，从这两个双胞胎很小的时候到现在，他们俩第一次手牵着手。两人走进院子，看着马车朝着他们驶过来，在车道上停住。他们听见布拉米娜气喘吁吁的呼吸声，他们的父亲在对马儿说着安慰的话，很亲切、很温柔的话，他们从来没听他对任何一个人说过这话。

他们的母亲坐在车厢里，穿着一件蓝底黄花的连衣裙，手提包搁在腿上。她向他们笑着说：

“我回来了，好棒哦，对不对？”她站起身，一只脚踩着轮子跳下来。

“奥得呢？”她问。

约恩抬头看父亲，他却不看他，只是盯着谷仓墙壁，嘴巴不停地嚼动，好像满嘴含着烟草似的。他没有告诉她。这一路穿山越林，只有他们两个人，他什么也没告诉她。

葬礼在三天后举行。我父亲问我们该不该去，我说该去。这是我参加的第一个葬礼。一九四三年我母亲的一个弟弟被德国人枪杀，在瑟兰南边海岸的某个地方，当时他试图从警察局逃跑。事情发生的时候我当然不在场，我甚至不知道到底有没有办过丧礼。

奥得的丧礼上我记得两件事。一件事是我父亲和约恩的父亲一次也没有对视过，不过我父亲确实跟他握了手说："节哀顺变。"

这句话听起来很像外国话，而那天他是唯一这么说的人，但是他们真的没有互看过对方一眼。

另外一件事是关于拉尔斯的。我们走出教堂，站在敞开的墓穴旁边，他愈来愈焦躁不安。牧师的仪式进行到一半，两边的人把绑着绳索的小棺材慢慢往下送时，他再也受不了了，挣脱了他母亲的手，在墓碑间狂奔，几乎就要冲出墓园，然后沿着石墙兜着圈子跑。他低着头，两眼望着地面，跑了一圈又一圈。他跑得越久，牧师诵读得就越慢。起初穿黑衣的群众里只有几个人回头，渐渐地愈来愈多，到最后全部都回过头来看拉尔斯，反而不管那具装着他小兄弟的棺材了。事情就这么继续着，直到有个邻居静静地走过草地，停在边上，等拉尔斯跑过来的时候一把抱起他。他的两条腿还在动弹，嘴里却发不出一点声音。我看着约恩，他也看着我，我轻轻地摇头，但他并没有响应，只是直直地看着我的眼睛，一眼没眨。我记得我想的是，我们再也不会一起去偷马了，这比那天在墓园发生的任何一件事都令我感到悲哀。我记住了这个。加上它，一共记得三件事。

4

父亲买的这块地有树林、牧草，大部分都是云杉，也有松树，间或还有一棵细桦树挤在一堆暗沉的大树干中间，所有的树都顺着河岸生长。在卵石堆边缘，一棵松树上很神秘地钉着一个木十字架，几乎悬空突出在奔流的河水上。这片树林几乎包围了院子和小屋，包括工作棚和后面的整片草地，以及通向我们这块地的窄路。那条窄路其实只能算是一条沙石小道，穿过整排整排盘根交错的云杉，跟河流平行，一路往东通向木桥，在那里拐向由小店和教堂组成的“中心”。七月底我们坐巴士到达时，走的就是这条路线，如果遇到某个白痴把我们的小船停错地方，也可以走这条路。至于往东还是往西，则要根据我们当时的情况看了。通常，某个白痴就是我。有时，我们还会沿着围篱走过巴卡的牧场，划船过河。

近晌午时，我们的小屋已被南边稠密的森林遮蔽了好几个小时了，我不知道是不是因为这个父亲才决定把那一整片的树全砍了当木材卖的。他缺钱，我知道，可是我不知道他会那么急。我们终于来到了这条河边，是第二次来。我的想法是他非常需要时间和平静的心情来规划一个不同于以往的生活，而要做这件事，他得在一个不同于我们过去在奥斯陆生活的环境中，连景观也在内。“我们现在在一个十字路口。”他说。他只准我跟他同行，这可是我姐姐无法得到的好处，因为她必须跟着母亲待在原来的小镇上，即使她足足比我大了三岁。

“我才不想去呢，到时候你们两个去钓鱼，我还得洗衣服。我没那么笨。”她说。她可能说得没错，我想我明白父亲的用意，我听见他不止一次地说他没想过要带女人。我没这方面的问题，而且刚好相反。

后来，我想他指的也许不是所有女人。

现在，他说的是树荫。“那该死的树荫，”他说，“现在可是度假日啊，真他妈的。”有时母亲不在场的时候，父亲会骂脏话。母亲长在一个她宣称是随时随地都在骂脏话的小镇，所以现在她一句都不想再听见了。我自己倒觉得，在最热的时候避开一些阳光没什么不好，森林在烈日下会暂停呼吸，产生的香气令人昏昏欲睡，在日头正当中的时候甚至会让我睡着。

不管是什么理由，他都已经做了决定：把大部分的树砍了，把树干拖到河里，让它顺流漂到瑞典的一间锯木厂去。我很怀疑，因为巴卡只在下游一公里的地方有一把锯子，那只是一把农用锯，太小了些，没办法对付我们这么大的出货量。不过瑞典人也不愿意在那个地点购买木材，通常他们只愿意要送达锯木厂的木料，而且他们也不承担漂浮的风险。七月不行，他们说。

“或许我们可以一次砍一点点，”我建议说，“今年砍一点，明年再砍一点。”

“我的木头要什么时候砍由我来做主？”他说。其实我不是这个意思，这跟是不是由他做主没有关系，不过我就此打住了。这个对我来说不重要。我关心的是他会不会让我参与运木头的事，还有哪些人。因为这是很重的活，如果你对此不了解，是很危险的。就我所知，父亲以前从没做过伐木的工作。依我今天所见，他当时可能真没做过。但是他无论做什么事，都非常有信心，相信自己一定会成功。

然而，割干草的时候到了。雷雨之后，没下什么雨，过两三天草就干透了。一天早晨，巴卡来找我们，他的头发刚理过，两手插在口袋里，问我们愿不愿意考虑拿干草叉劳动几天。他肯定地说，去年要不是我和父亲出力，尤其是我，干草早就枯光了。我明白他是在拍马屁，我都长这么大了，当然听得出他其实想要我们免费帮个忙。不过他当然也没说错，我们确实很卖力。

父亲搓搓他长着胡须的下巴，对着太阳眯了会儿眼睛，再朝我瞄了一眼。我们站在台阶上。

“你觉得呢，传德 · T.? ”他问。那个T，是我的中名“托拜厄斯”的简称，我从来不用它，只有在父亲想假装正经的时候才会出现。这对我是一个暗号，表示现在可以稍微“胡闹”一下。

“呃……是啊，”我说，“好像有点困难。”

“我们确实自己也忙不过来。”父亲说。

“对啊，”我说，“我们有些事情要处理，不过也许可以挤个一两天出来，要想办法才行。”

“要想办法，不过不太容易。”父亲说。

“对啊，很难啊。”我说，“人家说得好，有交换条件就好办事。”

“你说对了，”父亲好奇地看着我，“交换条件确实是一件不错的事。”

“一匹马，要带马具的，”我说，“下星期或者下下星期借用几天。”

“没错，”父亲满面笑容，“就是这样。你觉得怎么样，巴卡? ”

巴卡一脸困惑地站在院子里，听着我们绕来绕去，他果然走进了圈套。他两手搔着头发说:

“是啊，哎，可以啊。你们随时都可以借用布朗纳。”我看得出他很想问我们借马的目的，只是他觉得自己有点搞不清楚状况，实在不想出糗。

巴卡说明天露水一干就动手刈草，由我们负责北边的草区。他举起手道别，显然很高兴能够脱身了。看着他循原路走向河边登上小船，父亲两手叉腰看着我说：

“真有你的，怎么会想到这个？”他不知道我多么仔细地在心中盘算着这个伐运木头的计划。我始终没听他提过关于马的事，只觉得自己非插手不可，因为我知道我们不可能赤手空拳地把大树干拖到河边去。不过我没回答，只是笑着耸耸肩膀。父亲拽着我的一束头发，温和地摇着我的头。

“你一点都不傻喔。”他说。他说对了，我一直都这么认为：我一点都不傻。

奥得的丧礼已经过了四天，我没再看见过约恩，感觉很怪。早上醒来，我专心想听见他走在院子里和台阶上的脚步声，想听见吱吱嘎嘎的摇桨声，还有他的小船靠岸时轻微撞击石头的声音。可是每天早上一切都很安静，只有鸟啼声、林梢间的风声，还有牛铃的声音。夏天聚居在我们南北两边的牛群都被赶到了小屋后面的山上，整个白天都在绿油油的山麓上吃草，直到下午五点钟，乳场那些女工出来吆喝它们上路回家。我靠窗躺在床铺上，听着清脆的牛铃声随着地势的高低来回变幻。我现在哪里也不想去，不管发生什么，只想跟父亲窝在小屋里。而每次当我穿好衣服，发现约恩不在门口时，竟有一种轻松的感觉。过后我又觉得很羞愧，喉咙里酸酸的，这酸楚的感觉要好几个小时才能消失。

我在河边看不到他，也没看见他带着鱼竿走在河岸上，或是上上下下摇着小船。我父亲不再过问我们有没有一起出去，我也不问父亲有没有看见过他。事情就是这样的。我们吃过早餐，穿上工作服，走向那艘当初买小屋送的旧船，摇着过河。

太阳很大。我坐在船尾的横板上，闭着眼睛挡住阳光和父亲那张再熟悉不过的脸。他一桨一桨轻快地划着，我心里想着那么早就失去性命会是什么样的感觉。失去性命，就好像你手中握着一个蛋，手一放，蛋掉到地上碎了，从此它就什么都不是了。如果你死了，你就是死了，不过一转眼的工夫。不管你有没有意识到那是种怎样的感觉，总之就是结束了。我感觉到有一个狭窄的开口，像一扇虚掩的门，我把它推开，因为我想进到里面去。而在细窄的裂缝中，有一道金光照在我的眼皮上。忽然间我溜了进去，有一瞬间真的到了那里，但我一点也不害怕，只是有些悲伤、有些惊讶，一切怎么如此安静！当我睁开眼，那感觉依然存在。我越过水面朝远处的河岸看去，它好端端地在那里。我看着父亲的脸，仿佛从一个很远很远的地方看着他。我眨了好几次眼睛，深呼吸，或许我还抖了一下。他关心地笑着说：

“还好吧，老大？”

“我没事。”我顿了一下说。我们来到岸边，把小船拴好，沿着围篱走向草地。我在自己体内的某处感觉到了它：一个小小的残痕，一个亮黄色的斑点，或许它再也不会离开我了。

我们到达北边的草地时，已经有不少人在那儿了。巴卡站在刈草机旁边，手里握着缰绳，准备坐上去。我认得那匹马，那天我和约恩一起骑过后，到现在我的腿胯还在隐隐作痛。村子里来了两个男人和一个我没见过的女人，她不像是农夫太太，可能是这里谁的亲戚。巴卡太太在跟约恩的母亲说话。两个人都把头发往上绾成松松的发髻，穿着贴身褪色的印花棉布裙，光溜的腿上穿着齐腿肚的靴子，手里都拿着几乎和她们一样高的草耙。透过清晨的空气，我们在途中就听到了她们的声音。很显然，约恩的母亲在这里跟在她那狭小的家里时很不同，我一眼就看出来了，父亲显然也注意到了这件事。我们几乎同时很不甘愿地回头交换了眼光，又互相认同了对方所见。我的脸发烫，觉得很紧张，局促不安。我不知道这是因为我内心惊人的想法，还是因为我看出了父亲也有一样的心思。看见我脸红，他呵呵地笑，那笑容很温和，不带一丝戏谑的意味。这是我的感觉。他只是笑，近乎热情地笑着。

我们穿过草地走向刈草机，向巴卡和他太太打招呼。约恩的母亲跟我们握手，谢谢我们参加奥得的丧礼。她神情肃穆，眼睛有些红肿，但并没有要崩溃的样子。她的皮肤晒成了好看的褐色，衣裳是蓝色的，眼睛也是蓝的，明亮亮的蓝。她只比我母亲小几岁而已。她是那么亮眼，我仿佛第一次在大白天里看见她似的，我不知道是不是因为出了那件事，是不是那样的事会使一个人发光发亮，大受瞩目。我必须盯着地上或看着草地回避她的眼光。我走向堆工具的地方，挑了一把干草叉作支撑，然后没有目标地看着前方等候巴卡开工。父亲站在那儿闲聊了一会儿之后，也走过来了。他从草地上的两卷铁丝中间拿起一把干草叉，往地上一插，跟我一样地等着，我们彼此回避不看对方。巴卡坐在刈草机的座位上，催促着那匹马，放低了割刀开始动工。

这片草地分成四个区块，一个区块堆一个草架，巴卡从第一区块的中间开始笔直地割。在草场边缘几米的地方，我们算好角度，用大铁锤敲下一根坚固的木桩，把一卷铁丝的一头绕在木桩上拴紧。我的任务就是：握着那两个磨得发亮的把手提起铁丝滚动条，把铁丝铺展开，用力拉紧，再走回到巴卡割完草的那个区块。滚动条很重，提了几米之后，我的手腕就痛了，我的肩膀也痛，因为我提着这个沉重的滚动条的同时还要做三件事，那时我的肌肉还不够活络。随着铁丝缓缓地舒展开，一切逐渐变得顺手了，我也已经累垮了。然而，一种不服输的心理忽然出现，我很生气，我不想让这里的任何人看出我是这样一个没用的城市男孩，尤其是约恩母亲用她那双勾人的蓝眼睛看着我的时候。痛不痒可以由我自己做主，要不要表现出来也可以由我自己做主，所以我决定把痛藏在身体里，不让它显露在脸上。我手臂一抬，继续铺展滚动条上的铁丝，一直拉到草场的尽头为止。我把滚动条放在新割好的草皮上，铁丝拉得紧紧的，尽量让自己表现得沉着些，从容地直起身子，从容地将两手插进口袋，从容地让肩膀垂下来。但是实际的感觉却像是一堆刀子在剐我的脖子。我很慢很慢地走向其他人，经过父亲身边时，他不经意地抬手揉了揉我的背，轻轻地说："你做得很好。"这一句就已足够。痛楚顿时消失，我迫不及待地准备干下一个活儿了。

巴卡已经割完第一区，第二区也割了一小块，现在他站在马旁边等着我们割完剩下的部分。他是老板，按照父亲的说法，他是属于那种坐着干活、站着歇息的人，这是说如果干活的时间不太长的话，他也还是要再坐下来才行。他是不是有需要休息的原因，我就不太清楚了。驾驭马不见得会太吃力，那匹马做这个差事那么多次了，就算闭着眼睛都会做，现在它很无聊，很想动一动。可是不行，因为巴卡是按部就班地照计划来的，他不打算把整片地一次割完。一个区割完了再割下一个区，太阳在万里无云的天空照耀着，愈来愈亮。时间不断向前推进，我们感到衬衫背部都被汗水浸透了，每次只要用力撑起一大捆草就满头大汗。太阳正在南方，山谷里没有一点遮阴，河水闪闪烁烁，迂回曲折地流着，我们听见它湍急地流过小店旁的大桥下。我抱起一把竿子带过来，沿着钢丝把它们一格一格地分配好，再两手空空地回去拿下一批。父亲和村子里的一个男人在丈量草地，沿着量好的线用撬棍每隔两米挖一个洞，一共有三十二个。我父亲脱得只剩下一件汗衫，那白色衬着他深色的头发、褐色的皮肤和油光发亮的手臂。粗大的撬棍当空上扬，再重重地落下，在潮湿的泥土上像部机器一样发出咚咚的声音，父亲乐呵呵地，和约恩的母亲一起把木棒照着钢丝拖拉的位置插进洞里，于是一根新的木桩使草架竖了起来，而我忍不住一直看着他们。

她停下来过一次，放下了木棒，背对我们往前走了几步，低头看着河水，她的肩膀在抖动。父亲直起脊背等着，戴着手套的手还环着撬棍。一会儿，她转过身子，发亮的脸上有着泪痕。父亲微笑着向她点点头，发丝垂搭在额头上。不久，父亲再次举起撬棍。她微微回了一丝笑意，走回来拾起木棒，一个扭转的动作便把木棒插进了洞里。他们两个继续干活，节奏跟之前完全相同。

约恩和他父亲都没来，我以为他们一定会来，因为前一年他们都在。也许他们有别的事要做，他们自己的事，也或者他们没有勇气过来。事实上，她能来真的很奇怪，我对着她看了一会儿，就不再多想了。也许我父亲会邀他们三个人过来帮忙伐木头。这种事也不是不可能，因为约恩的父亲真的很有经验，但是从另外一方面来看，到时候如果他们像现在这样，又不能彼此对望，该如何是好呢？

所有的木棒都一排排地下好桩之后，就得把桩与桩之间的钢丝拉到腿胯的高度，用钩环左右交替地扯住，中间的钢丝才能拉得又直又平。这份差事由村子里的两个男人负责，一个很高，一个比较矮。这个组合很完美，因为两个人以前都做过，很有经验。他们利落地把钢丝像吉他上的弦一样一路绷到最后一根木棒上，然后紧实地扎在另一头巴卡敲下去的木桩上。我们其余的人拿起草耙，算好距离，以扇形的方式由中间往外走，从四面八方把割下来的草耙向网架。耙柄要那么长的道理就在这里了，长把柄方便我们扩大耙草的范围，更难有漏失草秆的机会。只是粗糙的草耙在我们手掌心前前后后磨了上千次，很不好受，大家必须戴上手套保护皮肤，否则只要一个小时就会磨出水泡。不久之后，我们把第一个网架堆满了，有些人用干草叉堆得平整精确，有些人用手，就像我和我父亲，因为我们过去都没有类似的经验。不过我们做得也算不错了。我们的手臂内侧渐渐地变成绿色，这一个钢丝堆满了，我们就堆另外一个，等到那一个也堆满了，就再堆下一个，直到连着五个架子堆得一个高过一个。最顶上浅浅的一层草梗像茅草屋顶似的，两边往下垂，这样一来，下雨的时候雨水就会直接流掉，这个草架便可以维持好几个月，干草因为有了上面的保护层更是完好如初。在每件事都做得正确无误的情形之下，巴卡说草堆好得就像在谷仓里晒干的一样。到目前为止，我觉得什么都没出错。网架立在那里，仿佛本来就长在那里一般，一直都是这样的风景，太阳光照得它后面拖着一道长长的阴影，和起伏的原野是如此契合，到最后竟然变成了一个格局，一个原始的面貌。虽然当时我没有这个想法，只是看着它就给我带来无限的快乐。到今天，每当我在哪本书里看见一张干草架的照片时，我还能感受到同样的心情。其实这一切早已是过去式了，在这个国家里，早已经没有人用这种方式来堆干草了。今天只要一个人、一台拖拉机，然后放在地上晾干就行，有自动翻搅机、包装机，以及发出臭青饲料味的巨型塑料白管。突然，我陷入了时间匆匆的感觉里。那是很久很久以前的事了，我忽然有了老的感觉。

5

起先几次看见，我都没认出他来，所以我和莱拉经过时只是点个头。我的心思并不在那些过往上面，何苦呢？他在木屋外面的屋檐底下堆放柴火，我走我的路，心里想的完全是别的事，甚至在他说出自己的名字时，我也没对上号。然而昨夜上床之后我开始疑惑，这人的某些特点，和我就着手电筒的光看到的那张脸——忽然间我确定了。拉尔斯就是拉尔斯，纵使上一次见面时他才十岁，如今他已经过了六十岁。如果这是小说里的情节，也太刺激了。我的确看了不少书，尤其在过去这几年当中，当然之前也在看。我思考读过的那些书，这样的巧合在小说中似乎太牵强，尤其在现代小说情节里，我会觉得很难接受。也许出现在狄更斯的作品中很合理，可是读狄更斯的作品，就如同在读一个已消失的世界中的长歌谣，一切就像一个方程式，到最后都要团聚在一起，曾经出现的种种不平衡最后都要修整复原，才好让众神再度展开笑颜。也许是一种慰藉吧，或者是对于一个脱轨的世界的抗议。但是现在不再是那样，我的世界不是那样的，我从来不跟那些信奉宿命的人同行。他们老是自怨自艾，搓着一双手乞求怜悯。我相信人生是由我们自己塑造成形的，至少我是如此，不管值不值得，我负完全的责任。走过那么多地方，最终非要在这里落脚。

这件事并没有改变什么。它没有改变我对这里的规划，也没有改变我对这里的感觉，一切依然如故。我确定他没有认出我，我希望继续如此。只是，它确实带来了一些不同。

我对这里的规划其实很简单。它是我最后的家。至于到底能住多久，我没去多想，住一天是一天。当务之急是如何度过这个冬天，如果雪下得太大的话。到拉尔斯的木屋有两百米的路程，再到主路还有五十米。以我的背，绝不可能靠一把铲子铲清这一段路。就算我的背还像从前一样结实，也做不到。那样就没时间做别的事了。

清除积雪很重要，大寒的时候，车子需要很好的蓄电池。这里距离商铺有六公里。炉子里的柴火也很重要。这屋子有两个电暖器，可是很旧了，可能用掉的电比供的热还多。我大可以买几个现代化的带轮燃油炉，可以直接插上电源，随意地四处推动的那种，可是我觉得，靠自己无法创造的热量，不要也罢。很幸运的是，我来这里的时候，柴房里有很大一堆老桦木，不过还远远不够，木柴太干，很快就会烧完。几天前，我用买来的链锯锯下一棵枯死的云杉，现在要做的工作就是把云杉切割好，劈成合适的木柴，赶早堆到那一堆老桦木上去。那个桦木堆，我已经用得差不多了。

链锯是琼森牌的。倒不是我认为琼森的牌子最好，而是这附近的人只用琼森牌。村子里卖给我东西的那个机械行老板说，就算我有链条断了要修理，他们也绝对不碰别的厂牌。这把锯子不新，但最近大修过，换了一条崭新的链条，那个老板看起来十分坚决，所以琼森牌在此独霸天下。还有沃尔沃汽车。我从来没有在同一个地方见过那么多沃尔沃汽车，从最新的豪华型到旧式亚马逊，而后者更多些。我在一九九九年还看过一台旧式PV款的汽车，在邮局前面。这一切应该为这个地方做出了某些说明，只是我不确定到底是什么，除了我们离瑞典很近，零件都很便宜之外。也许就是这么简单吧。

我开车出发了。车子驶过道路，越过河流，经过拉尔斯的木屋，穿过森林开上干道。我看见那湖在林中闪耀着，先是在右边，开着开着忽然就跑到了我后面，然后湖水横切过一大块黄色的平原，两边都是很久以前就收割过的田地。田地上空，一群群乌鸦飞过，它们在阳光下默不出声。而平原的另一端有家锯木厂，坐落在一条河旁边，这河比我家的那条河还宽，不过都流入了同一个湖泊。早先是用来筏运的，因此锯木厂设在了这里。但那是很早以前的事了，现在锯木厂设在哪里都可以，因为木柴全都改由公路运输了，毕竟在狭窄的乡间小路上迎面遇上一辆满载的大拖车可不是开玩笑的。他们开起车来像希腊人，老是用喇叭代替刹车。就在几个星期前，一辆庞然大物轰隆隆地从我旁边驶过，硬是挤进我的车道，我不得已把车开进了水沟里，方向盘一扭，车子翻倒了。当时我也许闭了一秒钟眼睛，我以为自己的时辰到了，结果只是右边的方向灯撞到树干上破了。我在那里坐了很久，额头抵着方向盘。当时天快黑了，车子熄了火，灯还亮着，我从方向盘上抬起头时，看见一只轮廓分明的山猫，就在车子前面十五米的地方。之前我从没见过山猫，但我一眼就认出它是。暮色稳稳地环绕着我们，山猫既不朝左转也不朝右转，只是走着。轻轻地，慢慢地。它在储存体力，而不是在浪费力气。我已想不起当时哪来的力量，最后把车重新开上了路。我只记得自己全身绷紧，抖得不行。

第二天，在小店里，我把山猫的事说给他们听。它很可能是一只狗，他们说。没有一个人相信我的话。那天我碰见的人里面没有一个见过山猫，所以我怎么可能碰到呢？我到这里不过一个月，怎么会有这么好的运气？如果我是他们中的一个，铁定也有同样的想法。不过看到就是看到了，那只大猫的样子已经深印在我的心里，随时随地都可以想起来。我希望有一天或者有哪个晚上会再见到它，那就太美妙了。

我把车停在史塔特加油站前面。破碎的方向灯。我仍旧没有换新玻璃，也没换灯泡，就这样挺过来了。可是黄昏暮色里没了指示灯，确实太暗了些。此外，这也是违法的。我走进去和店里的男人说了说。他就着推拉门的窗子往外看了一眼，说马上换灯泡，并从废车场那边调了新玻璃。

“为一辆旧车花钱买新东西，没道理。”他说。这是实话，毋庸置疑。它是一辆有十年车龄的尼桑旅行汽车，换新车很容易，我负担得起，可是加上房子，那就大失血了，因此我选择不换。其实我本来有意买一辆四轮驱动的越野车，那种车在这里很实用，后来我认为买四轮驱动车有点像在作弊，又有点像是暴发户，最后就买了现在这辆车，它和我开过的其他车一样，是后轮驱动的。我来找这位技师维修过很多次了，还报废过一台发电机，他每次都说同样的话，也都向同一个废料商订货。那些零件要比新的便宜不少，同时我也觉得他收费低廉。他工作的时候总是吹着口哨，收音机总是转到新闻台，他的低价位显然是刻意的策略。他的友善负责让我困惑不已。我原本以为他对我会有些抵触，特别是我开的不是沃尔沃。但说不定，他也只是个外来者呢。

我把车留在加油站，晃过教堂，穿过几个十字路口，往小商店走去。挺特别的。我发现这里人人都坐车开车，不管去哪里或路有多远。商店就在一百米外，我却是唯一在停车场外“走动”的人，有种一无遮掩的感觉，所以进到这间小商店让我很高兴。

我向左向右地打着招呼，他们现在已经习惯了我，知道我是来长住的，不是那种一窝蜂驾着大得吓人的车每年来过复活节，夏季里白天钓鱼、日落之后玩扑克灌美酒的度假客。他们过了一阵子才开始在大家都排队结账的时候小心翼翼地问起我来，如今大家全都知道我是谁、住哪里了。他们清楚我的职业是什么，年纪有多大，还知道我太太在三年前的一次车祸中去世，而我总算保住了性命；也清楚她不是我的原配，我两个成年的孩子是在第一次婚姻中生的，而他们现在也有了自己的孩子。这些全是我告诉他们的，包括我太太死后我不想再工作，自行退休，着手寻访一个全新的居住地，当我找到了现在住的屋子时，我真的快乐极了。他们很喜欢听这些。大家都说我大可以先问问附近的人，他们一定会告诉我那栋房子的状况。许多人想要那个地方，主要是因为环境好，而没有人愿意接收，是因为得整顿一番才能住进去。我说还好我不知道，否则就不会买了，也就不会发现它还是蛮适合住人的，只要你别一次要求太高，一次一步地慢慢来。这正适合我，我说，我有的是时间，哪里也不去。

当你适当地把一些事情说给人听，态度也温和亲切，一般人都会喜欢。他们会认为很了解你了，但其实不是，他们知道的是“关于”你的事，他们只知道了事情，而不是情感，不是你对事情的看法，不是你所经历的一切，要做多少决定才能变成你现在的模样。他们所做的是把他们自己的感情、看法和假设填进去，组合成一个跟你几乎没有一点关系的全新人生，让你得以脱身。没有人可以碰触你，除非你自己给他们机会。你只要保持礼貌和微笑，不要让那些偏激的想法近你的身就行。因为不管你再怎么不舒服，他们还是会谈论你，这是不可避免的。换成是你，也会这么做。

我要采买的不多，只是一个面包和一些涂抹在上面的东西，很快就买完了。令我惊讶的是，我的购物袋里竟然如此空荡，孤独一人的需求竟然这么少。一阵无意义的伤感突如其来，我摸索着用来结账的钱，感到收银小姐的一双眼睛盯着我的额头，“死了老婆的鳏夫”，大概是她所见。他们其实什么都不知道，但是，那又怎样。

“这是找给你的钱。”她把零钱递给我，轻轻地说道，声音软得像丝绸。

我说：“多谢。”天哪，我几乎就要落泪，赶紧拿起购物袋走向对面的加油站。我运气真是好。他们其实什么都不知道。

技师换了方向灯的灯泡。我把购物袋放在客人座椅上，从两个加油机中间走进修车店。他的太太笑眯眯地站在柜台后面。

“嗨。”她说。

“嗨，”我说，“那个灯泡，多少钱？”

“没多少，不急啦。喝杯咖啡吧。欧乐夫还得五分钟。”她伸出大拇指往店后面敞着门的房间一比。我很难拒绝了。我走到门口，有些不确定地往里探。技师欧乐夫坐在椅子上，前面的计算机屏幕上是一长串闪亮的数字。就我所见，没有一个是红色。他一只手拿着一杯冒热气的咖啡，另一只手握着一根巧克力棒。他铁定比我小二十岁，不过我不会再大惊小怪了，我已经认清事实，很多成熟男人的年纪都远在我之下。

“坐下来轻松一下吧。”他说着把咖啡倒进一只塑料杯里，搁在一把空椅子前面的茶几上，朝我挥个手，再重重地往他的椅子上一靠。他如果起得跟我一样早——我想应该是——那他已经工作了好长一段时间，一定累了。我在那把椅子上坐了下来。

“上面情况如何？”他说，“都安顿好了吗？”我那个地方被称作“上面”，因为它能俯瞰那片湖。

“我上去过两次，”他说，“到处转了转，不知道有没有可以上手的生意。那里有的是修车的空间，再想一想觉得更需要整修的是房子。我喜欢修车，不喜欢修房子，不过你大概恰巧相反吧？”我们两个同时看着我的手，怎么看都不像工匠的手。

“不见得，”我说，“我也不算内行，不过假以时日，我会把屋子整顿好的。只是时不时可能会需要一些帮手。”

我从来不让任何人知道，除开那些人人都做的家务，每当我要做一些实践性的杂事时，就闭上眼睛，想象我父亲当初是怎么做的，或者我在旁边观摩时他是怎么做的，然后我就有样学样，直到抓住正确的节奏感，再难的工作也会自然顺手起来。记忆当中我一直是这么做的，仿佛成败的秘诀就存在于身体的律动里。那是一种平衡感，就像跳远要踩踏板，你要先做好计算，要多还是要少。每一种职业都有一个机制，都有先来后到的次序。每一种工作都有它的脉络，事实上在你着手之际，它的结果已经存在了，你所要做的就是去把那一层面纱掀开，让等着看的人可以好好地浏览。这个浏览的人就是我，而我观摩着他所有的动作和技巧的这个人，不过是个四十岁的男人，就像我十五岁最后一次见到父亲时他的岁数，他就那么从我生命中永远地消失了。对我而言，他永远不会再老了。

这一切很难向这个友善亲切的技师解释清楚，所以我只说："我有一个很有见地的父亲。我从他那儿学到了很多。"

"父亲都很伟大。"他说，"我父亲是老师，在奥斯陆。他教我怎么读书，仅此而已。他不算很有见地，谈不上，不过他是个好人。我们无话不谈。两个星期前他刚过世。"

"我不知道这事，"我说，"很遗憾。"

"你怎么可能知道！他病了很久，这样对他来说可能是最好的解脱。但我很想念他，真的。"

他只是坐着，我看得出他很思念他的父亲，单纯直接的思念。我真希望就这么容易，你要思念你的父亲就尽管思念，不用管其他的。

我站起来。“我得走了，”我说，“我那栋屋子还在等着我，我必须加快速度。冬天已经在路上了。”

“这倒是真的，”他笑着说，“有什么疑难杂症，只管交代一声。我们都在。”

“确实有件事。去往我家的那条路相当长，你知道。下起雪来，单靠我用手清理路面是很难的。我没有拖拉机。”

“没问题。你可以打电话给这个人。”技师欧乐夫在黄色便利贴上写了一个名字和电话号码，“他是离你最近的一个有拖拉机的邻居。他的路都是自己清理，同样可以帮你的忙，很方便。他是农夫，早上没地方可去，只有在那条路上来回地跑。我想他不会介意多费这点工夫，不过可能要付他些钱。一次五十克朗吧，我猜想。”

“很合理。这个钱我当然乐意付。谢谢，谢谢你帮忙，还有你的咖啡。”我说。

我回到店里付了灯泡的钱，技师太太笑着说：“走好。”我走出来上车，开回了家。塞在皮夹里的那张黄色便条纸，让即将来临的日子变得不再那么复杂。我觉得轻松舒服。我想，事情就这么简单吗？不管怎么说，现在冬天尽管来吧。

回到“上面”，我把车面对着庭院里的树停好。这棵近乎中空的老桦树，如果不尽快想办法处理，就快要倒了。我拎着购物袋走进厨房，装了一壶咖啡，插上咖啡机的插头，再转到柴房拿出链锯，外带买锯子附送的小圆锉刀和一对护耳罩。我又去车库提了汽油和机油，把所有的东西都放在门前的石板上，正午的阳光下，石板也有些暖烘烘的了。我再进屋里找出保温瓶，站在工作台旁边等候咖啡机完成它的工作，然后把热腾腾的咖啡灌入保温瓶，穿上保暖的工作服走出去，坐在石板上，开始用锉刀轻缓而有条不紊地磨着锯子，磨到每一个锯齿边都又利又亮。我不知道这招是从哪里学来的。大概是看过的电影吧：一部关于大森林的纪录片，或者是以林业区为背景的剧情片。只要记忆力够好，你就可以从电影里学到许多东西，观察人家一直以来怎么做，可惜现代电影里实际的动作太少了，只有一些概念。很浅薄的概念，以及他们所谓的幽默，现在样样事情都必须好笑。我讨厌被消遣，我没那个时间。

总而言之，我不是从父亲那儿学会磨锯子的，就没看他做过，无论我怎么回忆都想不出来。单人锯在一九四八年还没有出现在挪威的森林里。当时只有一些很重的、需要五个人抬或只能用马拉的机器，没有人能买得起。很多很多年前的那个夏天，父亲打算在我们那块地上砍树，使用的就是当时那些地区常用的招数：好几个人拿着一把横切锯、一把斧头，加上清新的空气，还有一匹训练有素的马以及一条拖链。一堆堆的木头躺在岸边等着晒干，每根木头都刻上物主的记号，等到所有该砍的都砍完了，把树皮尽量剥干净后，木堆的两端各站一个人，用长钩矛把这些木头推滚下水，这时候一阵告别的呼啸声响彻河面，那是些古老的字句，已经不再有人知晓其中的含义。水花溅起，木头缓缓地进入流水里，速度慢慢加快，最后只能祝它们一路顺风。

我从石板上站起来，手里拿着刚磨好的锯子，上好位置，松开两个螺丝帽，灌入汽油，加满机油，再把螺丝重新拧紧。我向莱拉吹声口哨，它立刻放下在屋子后面认真刨挖的活计，飞奔过来。我夹着保温瓶走向森林边缘，那棵枯死的云杉躺在石楠丛里，又长又重，几近白色，整个树干没有一丁点树皮。两次快速用力的拉扯之后，锯子发动了，我调整好气门，带动链条跑起来，一声巨吼响彻森林，我戴上护耳罩，锯子的利刃陷入了木头中。碎屑溅到我的裤子上，我全身都在震动。

6

空气里有着锯木材的香气。从路边蔓延到河里，飘过水面，无处不是，无处不在，使我头晕目眩。我就在香气最浓烈的中心点。我的衣服，我的头发，我全身都是树脂的味道，晚上躺在床上，连皮肤都是树脂味。我带着它入睡，带着它醒来，它全天候地跟着我。我就是森林。我带着斧头踏入深及膝盖的杉木小树枝旦，照着父亲教我的方式把枝丫砍断，这样贴近树干才不会有突出的枝节；切刀才不会被卡到；在河流里木头缠绕堵塞的时候，跑上去解围的人才不至于伤到脚。我抡起斧头，以一种催眠的节拍左一下右一下地砍着。这是很吃力的工作，感觉好像每样东西都反击上来，没有一样肯自动退让。不过这对我并没造成什么困扰，我已经累到没有力气注意这些了，只是继续干活。反倒是别人过来制止我，他们拽住我的肩膀，一定要我坐下来休息一会儿，但我裤子屁股上都是树脂，腿上还扎着刺，嗤的一声，我从树墩上站起来，再次捡起斧头。太阳晒得很凶。我父亲正在哈哈大笑，而我，像一个喝醉酒的汉子。

那天约恩的父亲在，约恩的母亲大部分时间也在，她带着一篮食物从小船上下来，浅金色的头发衬着树林的深绿。还有一个叫弗朗兹的男人。他两条手臂孔武有力，左臂下方刺了一颗星。他住在大桥旁边的一栋小房子里，三百六十五天每天都看着奔流的河水，对于水上发生的一切，他无所不知。那天还有我和我父亲，以及老马布朗纳。约恩没来，他们说他在丧礼过后没几天就乘巴士去了印百答，但没说他去印百答做什么，我也没问。我担心的是我还会不会再见到他。

我们早晨七点刚过就开工，马不停蹄地忙到黄昏，一倒上床，就睡得像个死人一样，一觉到天亮，然后又开始忙碌的一天。一度你会觉得好像跟这些树没完没了似的。当你只是在小路上走的时候，想着环绕你的是一片美丽的树林，可是当树林里的每棵云杉都得用横锯砍倒的时候，你就会开始盘算，而这一算很容易让你泄气，你几乎敢肯定永远砍不完。可是一旦开了工，你的节奏出来了，开始和结束就变得毫无意义，地点不重要，时间也不重要，唯一重要的是你别停下来，直到一切都成了单一的一个节拍，自动自发地在那里跳动运转，你会在适当的时间稍作休息，然后再开动。你吃得够，但是不会吃太多；你喝得够，但是不会喝太多，时间到了就要睡觉：夜晚八小时，白天至少一小时。

我白天确实会睡觉，我父亲会睡觉，约恩的父亲和弗朗兹也会睡觉，唯独约恩的母亲不睡。午休的时候，我们躺在石楠丛里，在各自的树底下闭起眼睛睡觉，她则划起小船回家照顾拉尔斯。我们醒来的时候，她多半已经回来，或是会听见河里摇桨的声音，就知道她快到了。她经常会顺便带一些我们需要的东西回来，像是让她带来的工具，或是她自己烘焙的一篮子新鲜食物，我们都很喜欢。我不明白她是怎么做到的，她的毅力不输给任何男人。每次她朝着我们走来，我都看见父亲半眯着眼躺在那儿瞄她，我也是，我控制不了自己。因为我们这样，约恩的父亲也这样，他那种样子跟我以前见过的他很不一样，也许这不值得大惊小怪。可是我不认为我们看的是同一件事情，因为他看到的事使他尴尬，而且脸上明显写着惊讶。而我看到的事使我想去砍下最高的云杉，看着它倒下，发出重重的声响，回荡整个山谷，再在一定的时间内亲自修整它，不停歇地把它剥干净，即使再难再苦都不愿停。我要靠我的一双手和我自己的背把它拖向河岸，不要马匹，也不要大人帮忙，就凭着我自己忽然生出的神力把它顶入河里，让那溅起的水花喷得跟奥斯陆的房子一样高。

父亲在想什么我不清楚，不过他也会特别地卖力，只要约恩的母亲在那里——她当然常常都在——所以随着时间一天天地过去，我们都累坏了。只是他会耍宝说笑，后来我也学他。我们一直很亢奋，不知道究竟为了什么，至少我不知道。弗朗兹也非常亢奋，他肌肉结实，笑声洪亮，一面抡着大斧头一面不停地讲笑话，甚至有一次他不小心碰上一棵倒下来的树，一根枝干把他的帽子都掀掉了，他竟转身露出好大一个笑容，像舞者似的展开双手大叫："我的鲜血与命运合而为一，我展开双臂迎接一切！"

我到现在还可以想象他站在那里，晕晕沉沉的，几乎是凭着一股突然爆发出来的兴奋劲儿，徒手撑住那棵往下倒的树，闪亮的鲜血从他臂膀上那颗红星里流出来。我父亲搔着下巴摇着头，却没办法不笑。

"你爸爸是在冒险。"弗朗兹在中间休息的时候说，我坐在河边的石头上揉着酸痛的肩膀望着水流，他就在我身旁，"你爸爸是在冒险，在夏天最热的时候伐木头，还要直接下水运走。全是树液，你应该注意到了。"没错，我注意到了，这使工作难上加难，因为每根木头比全年里的任何时候都要重快两倍，老马布朗纳拉起来也比平常吃力。

"整批木头很容易下沉。水位也不帮忙，愈来愈低。我就说这么多。不过他要现在做，我们就现在做。我无所谓。这里你爸爸是老板。"

他真是。我真的从来没见过他像现在这个样子，带着几个大男人做一件正经的大事。他拥有威权，可以叫其他人等着他发号施令，他们听话照做，好像这本来就是天经地义的事，纵使他们可能懂得更多，更有经验。在这以前，我从没想过除我之外还有谁会这样看待他、接受他，这是一种不同于甚至超越父子亲情的感觉。

河边木材堆积的范围愈来愈大，等到再没有办法往上堆的时候，我们开始摞新的一堆。老马布朗纳从木材堆高处走下来，转进河边我们干活的位置，链条当啷当啷地响着，太阳光在水面上闪耀，马儿热得身上大块大块地冒着汗，散发出独特的马味，这跟我在城市里闻到过的完全不同。很好闻的味道，我认为，而且在它跑完一圈站定的时候，我可以把额头靠在它的侧腹上，感受那硬硬的毛皮摩挲着我的皮肤，就贴在那里呼吸。它不需要驾驭，也不必陪伴，因为绕过一两圈之后它完全知道要怎么做。约恩的父亲仍旧手执缰绳跟着一起走，我父亲站在河边准备好钩木材的钩子，长度跟中世纪英格兰骑士在马上比武时所用的长矛一样。他们合力把木头架高归位，刚开始很容易，渐渐愈来愈困难，他们锲而不舍，最后很明显地是在互相角逐：一个认为再也高不上去了，快要放弃的时候，另一个坚持要继续。

“来啊！”约恩的父亲喊着。两个人各把一个钩子敲入木头的一端。我父亲大喝一声：“抬高！”

约恩的父亲吼回去：“抬什么抬，用力拉啊！”他快失控了，我那时才意识到他是在挑战父亲的威权。他们用力抓、拉、甩，两个人汗流如注，衬衫背部的颜色慢慢加深，额头、脖子、胳臂上青筋暴露，又蓝又宽的，就像世界地图上那几条大河：格兰德河、雅鲁藏布江、尼罗河。终于他们没办法再继续了，也没道理再继续了。我们还可以新摞一堆，一定得是最后一堆了，因为我们已经忙了一整个星期，现在砍伐和堆积都接近尾声。到目前为止，我们已经完工和切割出来的木材全数黄澄澄、赤条条地摊在岸上，这在我看来真是太厉害了，我简直不敢相信自己也是其中一分子。可是他们不肯罢手。他们打定主意要再堆上一根木头，接着又一根，至少他们当中一个非要如此吧，而这个人一直在换。他们一般都靠两根斜搭在木材堆上的圆木头撑上去，角度要算准，而且非用绳索不可，站到了顶上，就把绳索从两个扣环里放下来，绕过那根原木再往上拉，就像滑轮的作用，方便他们在安放木头的时候把重量减半。弗朗兹曾经给我示范过。可是他们两个不这么做，而只是用木材挂钩，一边一个，这样又重又危险，因为根本没有稳当的立足点，他们不可能做到行动一致。

正巧休息时间到了。我听见弗朗兹假装猴急的声音："咖啡！给我咖啡！我快死啦！"声音从上面靠近小路的方向传过来，我架着酸痛无比的胳臂站着，紧盯着那两个还在互相逼迫的大男人，他们在大太阳底下闷哼呻吟，却都不愿放弃。约恩的母亲准备要划小船回家照顾拉尔斯了，她走到我身边停下来观望。

我意识到她站在那儿，一身褪了色的蓝色连衣裙里，皮肤也是热的。她没像平常那样直接走向小船，上了船就摇桨，所以我确定有事情要发生了。这是个信号。我想出声喊父亲，让他停止这些自己整自己的愚蠢行为，但是我想他不见得喜欢我这样做——尽管他常常听取我的意见，只要是合理的我都可以说，我也经常说得不错。我转头看着约恩的母亲，这一刻她与约恩毫无关系，也或许是因为有这层关系，总之她像是有两个不同的身份。我们两个一般高，头发经过几个星期的烈日曝晒都成了浅金色，可是她那张脸，前一刻还是开放的，几乎赤裸得一无遮掩，现在却封闭了，只有那眼睛有着一种梦幻的神采，仿佛她根本不在当下，跟我看着同样的东西，而是看着我所无法了解的、更深远更广大的什么。但我意识到她也不想开口制止这两个男人，在她眼里，两个人继续这样固执下去，为的是把某些事情一次了断，某些我不知道的事，有可能这正是她所希望的。这个想法令我不安起来，然而我并没有赶走它，反而让它长驱直入。我还有什么地方可去呢？无处可去，我一个人哪里也去不了。我上前一步挨紧她，我的屁股几乎碰触到她的屁股。我想她完全没注意到，我却有如受到电击。在木材堆上的两个人注意到了，他们往下看着我们，有一秒钟竟松开了手里的绳索。接下来我做了一件甚至令我自己都大吃一惊的事。我伸出手臂搂住她的肩膀把她拉近，过去我唯一做出过这样举动的对象是我的母亲，然而这个人不是我的母亲。这是约恩的母亲，她显然像我似的，身上有日光和树脂的味道，但是还有另外一种令我发晕的东西，就像森林令我发晕，令我泫然欲泣，我不要她做任何一个人的母亲，不管活的死的。奇怪的是她没有移动，就让我的手臂停留在那里，微微地倚靠着我的肩膀，我不知道她要什么，我自己要什么，但我把她搂得更紧了，害怕又快乐。她这般，也许只是因为我是最靠近她的一个人，一个有肩膀可以倚靠的人，又或者因为我是别人的儿子。然而这是我生命中第一次不想做别人的儿子，不想做我那远在奥斯陆老家的母亲的儿子，不想做在木材堆上那个男人的儿子，他现在如此错愕，尽管正忙于推推举举，还是呼地直起身子，任由那根木杆从他手里滑脱，分心失神到了极点。约恩的父亲也同样大惊失色，但他奋力地撑着。可惜失败了，木头像螺旋桨似的一路打转，在他还来不及调整角度的时候打到了脚踝，我听见他一条腿断裂的声音，像一根干枯的小树枝，接着他栽下来，肩膀先撞上木堆，然后砰地坠到地上。这一切发生得太快，直到他躺在那里我才回过神来。我只是看着。我父亲一个人站在木堆上面，失去了平衡，木杆子在他一只手里挥摆着，河流在他后面，蓝天热得发白。地上，约恩的父亲可怕地呻吟着。他的妻子，一分钟前我还轻柔地搂着她的肩膀，搂得那么紧，现在她从恍惚中苏醒，挣脱了我，奔向她的丈夫。她跪下来弯着腰把他的头放在自己的腿上，什么也不说，只是摇头，就像他一直是个顽皮不听话的孩子，少说也是第七百五十次了，她只好投降，至少从我站的位置看起来就像这样。也就在这时候，我第一次对父亲闪过一丝恨意，因为他毁了我此生到目前为止最完美的一刻，刹那间这恨意排山倒海而来，到了狂怒的边缘，我两手发抖，在酷暑之中我开始有点冷，甚至不记得自己有没有为约恩的父亲感到难过，他显然很痛苦——从他折断的腿和重摔的肩膀都能看得出来。他在哀号。一个大男人凄惨地哀号，因为他的伤，也许也因为他的一个儿子死了，另一个离家出走，很可能一去不回，他也不知道，总之，在这一刻一切似乎都没有指望了。这不难理解。即便如此，我也没有为他感到难过，我整个人都快要爆炸了，他的妻子只管摇着垂下的头。在我身后的小路上，弗朗兹重重地奔过来，连老马布朗纳都在抖动鬃毛拉扯着缰绳。从此刻起，我想，一切都不是原来的样子了。

连续几天闷热难耐，那天热得尤其厉害。空气里有东西，照他们的说法是，令人难以忍受的湿气。我们的汗水比平常流得更没节制，午后云量增多，温度却降不下来。近黄昏的时候，天空整个黑了。但这时我们已经用小船把约恩的父亲运过河，然后搭上全村两辆车子当中的一辆，去找印百答的医生。那当然是巴卡的车，全程都由他自己坐镇驾驶。而约恩的母亲必须待在家里陪伴拉尔斯，不能把他一个人留在家里这么长时间。我想她一定觉得寂寞又疲惫，只能跟那个小男孩在一起苦等，连个可以说话的大人都没有。坐在车里的两个大男人会聊些什么，我无从想象。

第一道闪电发作的时候，我和我父亲就坐在小屋的餐桌边望着窗外。我们刚刚吃完饭，彼此没有交谈。应该还是白天，还是七月，天黑得却像十月的夜晚，电光一闪，我们可以看见砍剩下的树桩、岸上堆积的木材和那条河，能清楚地看到河的另一边。闪电过后，一声响雷，立刻把小屋给震动了。

“要死了。”我说。

父亲从窗边转过头来疑惑地看着我。

“你说什么？”他问。

“要死了。”我说。

他摇摇头叹了口气。“你应该想想你的坚振礼，”他说，“哎，要检点啊。”开始下雨了，起初很轻柔，几分钟之后雨滴敲响了屋顶，我们坐在餐桌旁很难再听见彼此的心声。父亲仰面朝着天花板，好像他看得见雨水穿过壁板、横梁、屋瓦，正希望会有一滴雨水落到他的额头上。他闭上眼睛，经过这样的一天之后，如果能有冷水泼脸，真是求之不得。他八成也是同样的想法，因为他站了起来说：“冲个澡吧？”

“不反对。”我说。我们立刻跳起来，火速扯掉衣服往左右一踢，父亲裸奔到盥洗台，把肥皂浸入水桶。他看起来跟我一样怪：从头到肚脐都晒成了褐色，肚脐以下粉白。他往自己身上抹肥皂，直到全身满是泡沫后才把肥皂丢给我，我也尽快地照做不误。

“最后的人出局！”他边喊边冲向门口。我一个弹跳，像美国足球员似的切入他的路线，把他掀翻。他一把拽住我的肩膀想要制住我，但我身上太滑溜，根本抓不住。他哈哈大笑地叫起来：“你这个小滑头！”

他说的不是没道理，好多年前就获得证实了。我们两个人肩并肩地紧紧靠在一起，贴身并排挤过狭窄的门口，都想第一个冲出去。两个人在屋檐底下看着雨水在我们四周敲打着地面。这是一个令人感动到几乎害怕的景象，有一刻我们只是站在那里，认真地看着。然后父亲深深地吸了口气，像个演员似的放声尖叫：“机会稍纵即逝啊！”

他跳进雨里，赤身露体地舞着，伸展着双臂让雨水哗哗地浇在他的肩膀上。我跟随他跑进大雨里，站在他旁边，跳着舞着，唱着“挪威红白蓝”。于是他也唱起来，很快我们身上的肥皂沫连带着暖意全被冲走了，我们的身体又滑又亮，像两头海豹，摸起来那冷的程度大概也一样。

“我快冻死了。”我叫着。

“我也是，”他响应着，“不过我们还可以再忍耐一下下。”

“没问题。”我一面喊，一面用手不断拍打肚子和大腿，借此把麻木的皮肤打出点热度。这时我想到用两手走路的招数，我喜欢搞怪。

“来啊，你。”我冲着父亲大喊，然后腰一弯，整个人倒立起来。这下他不得不跟着做。我们就用双手走在湿答答的草地上，大雨打在屁股上的那种感觉说不出来地奇怪，我不得不赶快改回用脚走，不过绝对不会再有谁的屁股比我们更干净了。我们奔进屋里，用两条大毛巾擦干身体，再用粗布在皮肤上按摩让血液循环，让体温回暖。父亲抬起头，看着我说：

“哎，成大人啦。”

“还没吧。”我说。我知道最近的一些事自己还不太懂，这些事大人都懂，而我大概也很接近了。

“嗯，也许还没。”他说。

他擦完头发，用条毛巾围住臀部走向炉灶，把一张旧报纸撕成碎条搓了搓送进炉膛里，再拿三根柴棒排在报纸周围，划动火柴。他关起炉门，开着盛灰烬的托盘，以方便通风，干透的枯木立刻噼啪爆开来。他靠近炉子，抬起手臂，身子佝偻着朝向黑色的铁闸板，让蹿升的暖热送到他的肚子和胸口。我待在原地，看着他的背影。我知道他要说话了。他是我的父亲，我最清楚他的心思。

“今天的事，”他说，仍旧背对着我，“实在完全没有必要。我们那样继续下去，结果一定很糟。我早就该停下来的。主控权在我，不在他。你明白吗？我们都是成年人了。出这种事是我的错。”

我不说话。我不知道他是指他和我都是成年人，还是他和约恩的父亲。我猜是后者。

“不可原谅。”

应该是，我看得出来，只是我不喜欢他这样一人承担过错的方式。我觉得这事很有争议性，如果真的要怪他，也该怪我，即使为这种事情负责的感觉很不好。但他这样把我撇开，实在是太瞧不起我了。我觉得那恨意又回头了，只是这次比较温和。他从炉子前面转过身，我在他脸上看出来他已经知道我在想什么，但是多谈无益，我们两个都不会因此而舒坦。这件事太复杂了，我甚至不能再去想它，今晚不能。我的肩膀垮了下来，眼皮也垂了下来，我抬起手，用指节揉着。

“你累了？”他说。

“嗯。”我说。我是累了。身体累心也累，日晒雨淋的皮肤也累，我只想上床躺在羽绒被子底下一睡再睡，睡到再也睡不着为止。

他伸出手来揉了揉我的头发，再从炉顶的架子上拿了一盒火柴，走过去点亮桌上的煤油灯，然后吹灭火柴，打开炉门把它扔进火焰中。我们黄黄白白的身体在黄色的灯光下好像显得更加滑稽了。他带笑地说：

“你先去睡，我随后就来。”

他没来。夜里我醒来要去尿尿时，不见他的人影。我睡意蒙眬地走过客厅，他不在里面。我打开门往外看，雨停了，他也不在外面。我回到他的床铺边，仍是整齐干净的一派军人作风，从昨天早晨就没动过。

7

枯死的云杉已经修剪过，用链锯切割成容易上手的长度，大约半块砧板的大小。我用手推车运送这些木块，一次三个，把它们堆在柴房外面的地上，现在已经堆成了一个差不多有两米高的平面金字塔，靠在屋檐底下的墙壁上。明天要开始劈柴了。到目前为止，一切顺利，我自己很满意，只是我的背今天已到了极限。况且时间已过了五点，太阳一定已经沉向西边，应该说是西南边，暮霭从森林边缘我刚才干活的位置冉冉漫起，该是停工的时候了。我把沾在锯子上的木屑、汽油、机油擦拭干净，送到柴房里的长凳子上阴干，再关上门走过院子，臂下夹着空空的保温瓶。我在台阶上坐下来，脱掉潮湿的靴子，拍掉里边的碎木片，把裤脚掸一掸。我接着拿工作手套用力地拍打袜子，再用手指摘掉最后一些碎屑，居然落成了好看的一小堆。莱拉坐着看我，它叼了一颗松果，杵在嘴里，就像一支还没点火的超大雪茄。它想要我抛出去，自己好去追着叼回来，可是这个游戏一旦开始就会没完没了，我实在没有力气。

“抱歉，”我说，“下次吧。”我拍拍它黄茸茸的头，揉揉它的脖子，轻轻拽一下它的耳朵，它爱这一套。它丢下了松果，便走过去坐到门垫上。

我将靴子留在门阶上，靴跟靠墙，便踩着袜子走过玄关，进了厨房。我在那里打开水龙头，用滚烫的热水涮过保温瓶，把它晾在工作台上。热水锅炉是这两个星期刚装上的。这里之前从来没装过，只有墙上的冷水水龙头，配个水槽。我打电话给熟悉这里的水管师傅，他让我在外墙挖一道两米长的沟，一路挖到水管的位置，再由他来调整地基墙脚下水管通向厨房的角度。挖沟的事我得赶快做，他说，要赶在霜降之前。水管师傅不干挖沟的活儿，他不是劳工，他说。我不介意，只是这活儿太重，一路挖下去全都是沙砾和石头。有些石头还真大。原来我竟住在一块冰碛岩上。

现在我像大家一样有一个设备齐全的洗碗槽了。我对着水槽上方的镜子看自己，这张脸看起来跟我想象中六十七岁的脸没差别。我就是我该有的样子。至于我是否喜欢，那是另外一个问题，这完全不重要。我并不打算亮相给很多人看，也没什么人，我只有这一面镜子。说实话，我对镜子里的脸一点也不排斥。我感恩知足，我认得出自己。我已无所求。

收音机开着，他们在谈即将来临的千禧盛典，谈很多问题必然会出现在过渡期；从一九九七年、一九九八年、一九九九年，直到二〇〇〇年，在所有的计算机系统上，我们谁也不知道会发生什么，必须自保才能对抗潜在的大灾难，而挪威的工业预防措施一直都太落后。我根本听不懂，也毫无兴趣，唯一确定的是这帮什么都不懂的顾问只想捞一笔。这种事他们当然会做，以前也都做过了。

我拿出最小的平底锅，刷洗了一些马铃薯放了进去，再加满水，把锅子放在炉灶上。我感觉到饿了，锯木头的工作令我胃口大开。我有些日子没有这种饥饿的感觉了。这些马铃薯是在小店买的，等到明年，我就可以在柴房后面的菜圃里自己栽种了。如今杂草丛生，非挖不可了，我相信我可以搞定，只是时间的问题。

重要的是，孤身一人的时候千万不可疏忽晚餐。做饭不难，乏味的是只做给一个人吃。马铃薯、酱汁、绿色蔬菜不可少，还要一条餐巾、一只干净的玻璃杯，餐桌上要点上蜡烛，绝不可以穿着工作服入座。所以煮马铃薯的时候，我进卧室换了条长裤，穿上干净的白衬衫，回到厨房，先在餐桌上铺上一块布，再起油锅炸我亲自从湖里抓来的鱼。

屋子外面，蓝色时间到了。所有的东西都拉近了距离，柴房、树林的边缘、远方的湖，仿佛上了色的空气把世界都绑在了一起，没有一样东西是分离的。想象是很美好的事，至于是真是假，那又是另外一回事了。对我来说还是各自独立比较好，不过在这一刻，蓝色的世界给了我一种自己也不清楚到底想不想要的慰藉，就算不需要，也还可以接受吧。我在餐桌旁坐下，心情大好地吃了起来。

有敲门的声音。敲门本身并不奇怪，因为我没有门铃，只是从我搬来这里后，没有人敲过门，有人来造访的时候，我听见车子的声音就会走到门阶上恭候。这次我既没听见车声，也没看见任何灯光。我站起来，放下刚开始享用的晚餐，有一些气恼，走到玄关打开大门。是拉尔斯。在他身后是扑克，它就坐在院子里，安静又听话的样子。外面的光线几乎像人工打造的，像我看过的一些影片里那样：蓝蓝的，很有舞台感，不见光源，但一切又清晰可辨，就像同一时间透过同一个滤光镜，又像统统由同一种物质构成。甚至连那狗也是蓝的，它一动也不动，像只黏土做的狗。

“晚上好。”我说，其实现在还算是下午，可是在这种光线下不大可能说出别的话。拉尔斯站在那里，脸上似乎有些尴尬，或者是一些别的内容，还有那狗也是——身体僵硬，这是他们两个共同的特征，而且谁也不肯直接看着我的眼睛，他们不说话，等待着。最后，他终于开口：

“晚上好。”说完他又恢复安静，不说他到底要做什么，我也不知道该如何帮忙。

“我正要吃饭，”我说，“不过没关系，进来坐一会儿吧。”我把门敞开邀请他进来，心里笃定他会拒绝，笃定他有话也会在台阶上说，只要他有办法把努力想说的那些话说出来。然而他下定了决心，走完最后几个台阶，回头对扑克说：“你坐在这里。”

他指着台阶，扑克走到台阶上坐下。我挪到一边让他走进玄关，然后带头进厨房停在餐桌边，他跟着进来关上门，桌上的烛火随着这阵风不停摇曳。

“你吃饭了吗？”我说，“这些够两个人吃的。”这话倒有几分真，我对自己的胃口拿捏不准，煮的分量总是会多，那些多出来的部分通常都是莱拉的，这它也清楚，所以我坐下来吃饭的时候它最高兴了。此刻它就躺在炉子旁边，专心地看着我，等候着。现在它从自己的位子上站起来，摇着尾巴，嗅着拉尔斯的裤管。毫无疑问，是该洗了。

“你坐。”说着，我不等任何回话，就从角落的碗柜里取出一个盘子，外带餐具、餐巾。我为他倒了杯啤酒，也给自己倒了一杯。窗户上有几片雪花，看起来很像圣诞节。他坐下，我看出他在偷瞄我的白衬衫。我不介意他穿什么，我遵循的法则只适用于我个人，不过我发觉，不管他本来打算要说什么，我并没有让他比较自在。我坐下来叫他不必客气，他取了一块鱼、两个马铃薯、一点酱汁，我不敢看莱拉，因为这些本来应该是它的份儿。我们吃了起来。

“很好吃，”拉尔斯说，“这是你自己抓的吗？”

“没错，”我说，“就在河口那边。”

“那边鱼很多，尤其是鲈鱼，”他说，“还有狗鱼，就在芦苇附近。如果运气好，有时候还有鳟鱼。”我点着头继续吃着，耐心地等着他说到重点。他不会没有任何特别的目的，就只是过来吃顿晚饭吧。最后，他灌了一大口啤酒，在餐巾上擦擦嘴，两只手搁在腿上，清了清嗓子说：

“我知道你是谁。”

我停止了咀嚼。这时我忽然想到镜子里我的脸，他会知道那是谁吗？只有我才知道那是谁。或者他是不是记得三年前报纸上我的一张大照片，当时我站在下着冷雨的马路中间，鲜血和雨水从我的头发和额头流到衬衫和领带上，两眼呆滞又困惑地对着镜头，在我身后，隐约可以看见的，是那辆蓝色奥迪的车屁股翘在半空中，车头整个栽向石头坡下。湿暗的山墙下，救护车的后车门敞着，担架上是我太太。警车的蓝灯在闪，蓝色的毛毯围在我的肩膀上，一辆大得像坦克一样的卡车横跨过路中心的黄线，还有雨，雨落在冰冷、发亮的柏油路上，映照出来的每样东西都是重影的。之后好几个星期，我看到的每样东西也都是重影的。所有的报纸都登了那张照片，画面完美，出自一位自由摄影师，他那时就坐在因为车祸而排了半小时长龙的车里。当时他正赶赴某个无聊的任务，结果却因为雨中的这张照片而得奖。低低的灰色天空，四分五裂的路障，后方山坡上的白色羊群，这一切都一“拍”即定。“看这里！”他喊。

但这不是拉尔斯所说的意思。也许他确实看到了那张照片，极有可能，但这不是他所说的意思。他认出了我，就像我认出了他。五十多年了，我们当时都只是孩子，他十岁，我才十五岁，还处在对周遭发生的各种事情都会害怕的年纪。对于那些事，纵使我已尽可能地伸出手，知道自己很接近了，却还是不明白，之后也许会就此一路通畅地懂得全部的含意吧，却还是会怕。至少我是这么以为的。还记得一九四八年那个夏天的夜晚，我手里拿着衣服从卧室跑出去，忽然惊恐地意识到父亲所说的话和事情本身其实是不相同的，而这使世界变成了液体，难以捉摸。虚无开了门，我看不到另一边。屋外，在黑夜里的某个地方，往下游不过一公里左右，拉尔斯也许醒着，孤单地躺在床上，努力地想要抓住他的世界，他不能掌控的那一声枪响仍旧充斥在这栋小屋里的每一立方米里，到最后不管人家跟他说什么话，他听到的只有那一声枪响，往后很长很长的一段时间里，这都是他唯一听得见的声音。

现在，五十多年之后，他就隔着餐桌坐在我正对面，知道我是谁，我对此无言以对。这并不是一个指控，虽然感觉上很像；

这也不是一个发问，我不需要回答。但是如果我什么话都不说，场面会太安静，很难堪。

“嗯，”我笔直地看着他，“我也知道你是谁。”

他点点头：“我想也是。”他再点点头，拿起了刀叉继续吃着，我看得出他很开心。这就是他要说的话。没有别的，没有多余的。就这些，以及一个已经得到的答案。

剩下来的进餐时间，我感到稍许不自在，陷入一个不是出于自愿的情境当中。我们毫无交谈地吃着，直到夜色迅速无声地降落在院子里的时候，我们才倾身向前望着窗外，互相点了点头，表示对眼前季节的认同，说了些“现在天黑得好快啊，是吧”之类的话，仿佛在说件新鲜事。拉尔斯似乎很满足，他把盘子里的食物吃得干干净净，几乎兴高采烈地说：“非常感谢，能好好地吃一顿晚饭真好。”

看样子他准备要走了，接着，他也没拿手电筒，脚步轻快地上路了，而我却觉得很沉重。扑克小跑着跟在他后面，往那桥边小屋走去，然后缓缓地被夜色整个吞没了。

我靠着门口站立了一会儿，用心听着碎石子路上的脚步声渐行渐远。再久一些，我还听见了黑暗中传过来模糊的关门声，看见了河边木屋里亮起的灯光。我朝四面八方看，唯一看到的是拉尔斯那边的灯光。起风了，我仍待在原地凝望着黑夜。风从森林横冲直撞而来，我觉得好冷，只穿了一件衬衫，整个人冷得牙齿都在打战。终于，我不得不走进屋子关起了门。

我到厨房把餐桌清理干净，屋子里第一次在桌布上摆了两个盘子。我有种被侵犯的感觉，而他又不是随便一个什么人。

确实如此。我从储物柜里取出莱拉的碗，装了一大碗现成的干粮，拿过去放在炉灶前面的地上。莱拉看着我，这不是它期盼的。它对着狗食嗅了嗅，才慢吞吞地吃了起来，每一口都吞得非常忧郁，然后又回头看着我，用那双眼睛意味深长地一望，再叹着气继续吃，就像是饮下了毒的圣水。真是被宠坏了的狗。

趁莱拉进食的时候，我进卧室脱掉衬衫，挂在衣架上，套上了工作衫和毛衣，再走向通道，取下挂钩上那件暖和的厚呢短大衣穿上。接着找来手电筒和为莱拉准备的哨子，穿着拖鞋走上门阶，再换成靴子。风现在更加强劲了。我们走上碎石路，莱拉带头，我在离它几米的距离殿后。我勉强看得见它的白毛，不过只要能看见，那就是一个方向灯。我没打亮手电筒，只是让眼睛逐渐习惯黑暗，直到我不必使劲地瞪着看，去捕捉很久以前就熄灭的光芒。

我们到达桥头的时候，我在栏杆边停了一会儿，朝拉尔斯的木屋望去。窗户里全都亮着灯光，在黄色的窗框里，我看见他的肩膀和没有一根灰发的后脑勺，还有在房间较远那一头的电视机。他在看新闻。我不记得我最后一次看新闻是在什么时候。我没有带电视机上来，在某些嫌夜太长的黄昏难免会后悔，可是我的想法是，一个人住的时候，你很快就会让自己黏着那些闪烁的影像和椅子不放，一坐就坐到夜深，在别人移来动去的时候，时间就这样白白地过去了。我不要那样。我要跟自己为伴。

我们离开了碎石子路，走上我常走的河边小径，但我没听见流水声，风在我周围的林间树丛里飒飒地吹，我亮起手电筒，以免不小心绊倒了摔进河里，因为我听不见它的方向。

到了湖畔，我顺着芦苇丛的边缘走到长凳的位置。这条长凳是我组装好了拖过来的，这样就可以有个地方坐，看看河口的生命，看看跳出水面的鱼，还有在河湾里筑窝的鸭子和天鹅。当然，这个时节是不会有的，可是每天早上它们还是会带着春天产下的小宝宝到这里来。现在小天鹅跟它们的父母一般大了，不过还是灰色的，看起来很特别，很像是两个不同种类的天鹅在结伴同游，动作都很像。显然它们认为彼此是相同的，虽然大家都看出了它们的不同。趁着莱拉照惯例去兜圈子时，我想，不如我就坐在这里胡思乱想好了。

我找到长凳坐下，现在当然没有东西可找可看，于是我关了手电筒坐在黑暗中，听着风扫过芦苇发出刺耳的声音。经过这一整天，我能感觉到自己有多累，几乎已经超过了平常的极限，但我闭上眼睛告诉自己千万不可以睡着，只能坐一会儿。不过，我还真的睡着了，然后又被冻醒了。四周是骇人的风声，我想到的第一件事，是希望拉尔斯没有说那句话。那句话不费吹灰之力，近乎不道德地把我牵引到了我自以为抛得远远的那样一个过去。

我离开长凳站了起来，身体僵直。我对莱拉吹了声哨子，麻木的嘴唇吹起来没那么容易，不过一会儿，它已经立在了长凳边，用鼻子顶着我的膝盖，轻轻呜咽着。我打亮手电筒，风真是大得厉害，我拿手电筒四处探扫了一圈，所见之处都是一片混乱：芦苇平摆在湖上，水面泛起白白的泡沫，光秃秃的树梢弯下了腰，一律向着南边倒去，发出呼啸的声音。我弯下身子，抚摸着莱拉的头。

“乖狗。”我用英文说。听起来很蠢，很像我看过的一部电影，也许是《灵犬莱西》吧，但是这并不令我讶异，也或许我是在追忆某些遗忘了的东西吧，这两个字一直挥之不去。我猜不是狄更斯的作品，在他的书里，我不记得有“乖狗”的字句，总之很蠢。我再度直起身子，把外套的拉链一直拉到下巴的位置。

“走吧，”我对莱拉说，“我们回家。”它完全放松地跳起来冲上小径，尾巴翘得老高。我跟随着它，手脚不大灵活，只能紧紧握着手电筒，把头埋在衣领里。

8

我清楚地记得小屋里的那个夜晚，父亲没有像他说的那样上床睡觉。我走出卧室进了客厅，在炉子前面飞快地穿好衣服。我凑近炉子，还有些昨夜的余温。我仔细地听着周遭的动静，没有一点声音，除了我自己的呼吸声。在这个似乎大得难以估量的房间里，它显得特别急促又古怪粗重，虽然我非常清楚从这堵墙到那堵墙有多少步远。我强迫自己把呼吸放慢，用力地吸足了一口气，再仔细小心地把它呼出来，在这一吸一呼的时间里，我想着：到今天晚上为止，我的人生一直不错，我从来不孤单，即使我父亲离开了那么长时间，也都算不上孤单。然而，我在这方面的自信，就在七月的那一天整个被吹散了。

我打开门，穿着长筒靴走入院子。白日里的暑气已经消散殆尽。那里一个人也没有，近乎凉爽，天还不太黑，是一个典型的夏夜，我头顶上的云层开的开、裂的裂，正以飞快的速度掠过天际，忽隐忽现的白光使我很容易辨识出通往河边的小径。经过一场滂沱大雨，河水顺畅多了，急流没过了岸边的鹅卵石，高涨的水面闪着淡淡的银光，我隔了这么远也能看得到，奔腾的河水声是我唯一听到的声音。

小船不在原来的位置上。我涉水走了几步，站在那里倾听桨的声音，却只有河水不断地冲刷我的腿，除此之外我什么也看不见。当然，木材堆还在，它们的香气在潮湿的空气里更加浓烈；那树干上钉着十字架的松树还在；河对岸连着碎石路的那一片野地也还在。只有天空的云在动，忽隐忽现的光在动。在夜里这样单独站着的感觉很诡异，那光或是那声音的感觉几乎穿透了我的全身；一轮明月或是一阵钟声，还有靴边涌动的水流，环绕着我的一切是那么大、那么安静，但是我没有被遗弃的感觉，我感觉自己是被挑选出来的唯一。我非常平静，我是世界的锚。是河水给了我这样的感觉，我可以让水浸到我的下巴，坐在那里不动，任由水流来回撞击我的身体。我还是原来的我，还是那只锚。我回头看小屋，窗户暗暗的。我不想再进屋里去，那里一点光都没有了。两个房间都空空的，没有人，羽绒被很湿，炉火早已熄灭，当然要比这里更冷。现在我在小屋里也无事可做。因此，我上岸开始往前走。

我从砍剩的残干中间走向我们那块地后面的碎石子小路，没像平常那样往北走，而是改往林子南边走，走到桥和小店的方向。目前看路找路都不难，因为没有云，夜又明亮了起来，到处都像铺了白色的面粉，就像能让我看清楚的一个滤光镜，也许还触手可及，只要我愿意——但事实上，当然不能。不过，我还是试了。我走在黑暗的树干中间，就像一条有着好多柱子的通道，我伸出手指滑过空气，在粉白的光线里慢慢地重复着忽上忽下，可什么也摸索不到，所有的东西还是原来的样子，跟其他夜晚完全一样。可是人生的重量已经从一个点转换到另外一个点上，从这一条腿移到另外一条腿上，就像山麓上大片阴影中一个默默无语的巨人。我觉得自己不再是这一天开始时的那个人了，我甚至不知道这算不算是一件悲伤的事。

我不知道，我太年轻，还不懂得回顾，于是我继续往碎石子路上走去。我听见了远在树林那一边的河流，没过多久，我又听见了邻近我们小屋南边的牛乳场里的声音。牛群在木栅栏后面的棚子里反刍，或者躺在稻草堆上，在黑暗中来来回回地活动着，有时忽然很安静，有时又忙个不休。走在路上还听得见模糊的牛铃声，我不知道时间到底有多晚，是不是就快要到早晨了，我能不能一路下坡，爬进牛棚里坐一会儿，取个暖再走。这件事我倒是真的做了。我顺着牛群常走的小径，经过安静无声的小屋，就我所见，没有人在看着窗外。我打开牛棚的门走进去，里面有一股很强烈的味道，挺好闻的，这里一如我想象中那样暖和。我在几条水沟之间的通道上找到一把挤牛奶的凳子，挨着刚刚带上的门边坐下来，闭起眼睛听着牛群在栏杆后面均匀平和的呼吸声，一样平和的磨牙声，牛铃叮当声，木头吱嘎声，屋顶上的嗖嗖声——那不是风声，而是混合着所有属于夜晚的声音。然后，我睡着了。

我醒来时觉得有人在摸我的脸颊。我以为是母亲，我以为自己还是个小男孩。是我忘记了，我告诉自己，我当然有一个母亲。她的五官一点一点地在我脑子里浮现，到最后几近完整地组合成我熟悉的样子，可是，我现在仰望着的这张脸并不是她的脸，一时间我徘徊在两个世界里，两只半睁半闭的眼睛各自看着一边。站在那里的是这个农场挤牛奶的女工，这表示现在是早晨五点钟。我见过她很多次，也跟她说过话。我喜欢她。每当她走上小径唱着歌叫牛群回家的时候，那歌声就像银笛的声音。这是我父亲说的，他还把两只手举到嘴巴边上，噘着嘴配合手指头不断拍啊点啊地示范给我看。我不知道银笛的声音像什么，那时我从来没听谁吹奏过。现在她笑盈盈地看着我说：

“早啊，羊宝宝。”这话听起来真悦耳。

“我睡着了，”我说，“这里好暖和、好舒服。”我坐直了，用指节揉着脸，“你要用凳子了。”

她摇摇头。“不用，你只管坐着，我还有一把，没关系。”她一手提着一个擦得发亮的桶子走向通道，找到另一把凳子，在第一头牛旁边坐了下来，开始清洗母牛粉红色的乳房，一双手动作熟练又轻柔。她已经把牛舍打扫过了，地板上铺满了木屑，看起来干净又清爽。现在牛群全都站着，排成两排：每一边有四头花牛，奶水充沛地等候着。她把桶子拉近，温柔地握住母牛的乳头，白色的牛奶喷到金属桶子里，发出铿锵的声音。这看起来很简单，可是我试过好几次，却一滴也挤不出来。

我背靠着墙，坐在那里看着灯光下的她，她把提灯挂在牛舍旁的一个挂钩上，头巾束着她的头发，金色的灯光照着她的脸，她专注的视线，她微微的笑意，她裸着的臂膀，她跨坐在桶子两边，裙子底下隐约发光的膝盖头。不由自主地，我的裤子里面忽然紧绷起来，力道之猛令我几乎停止呼吸，我真的不记得之前对她有过这种想法。我用两只手把住凳子，对自己真正想念的人忽然有一种不忠的感觉，我知道现在只要稍微移动一厘米，只要一丁点的摩擦，一切就都毁了。她立刻会看见，也许还会听见我紧绷到快要爆破的胸腔内那无可奈何的哼声，她就会知道我是多么可悲可厌。我无法承受这些。我必须想一些别的事缓解这种压力。首先我想到马，我看过它们在村子里一路奔驰，好多马，好多颜色，重重的马蹄声在干燥的路上扬起一片尘土，在屋子和教堂之间回旋又垂落，就像层层黄色的帘幕。可惜这些对我的帮助不大，因为那些马在奔跑时的热力、颈部的曲线、有节奏的呼吸，所有跟马相关的这一切都很难解释，可是我就是知道那感觉还在。所以，我转而去想白尼峡湾，在家乡的白尼峡湾，就在五月一日那天，不管风有多大，天气如何，都要跳进灰绿色的海水中，开始一年中的第一次泅泳。当时那水很冷，在开登海滩陡峭的岩石上纵身一跳，在撞击到光滑的水面时又喘不过气来，而且一次只能跳一遍，因为另一个人必须站在水边拿着绳子当救生员，以防在水里游着的那一个脚抽筋。姐姐和我，我们决定一年来游一次的时候，我才七岁。不是因为快乐好玩，而是因为我们觉得应该做一些需要加倍努力的事情，一些让自己痛苦的事，而在当时这件事恰好够痛。在三个星期前，德国军队压境奥斯陆，一队队士兵没完没了地走过卡尔约翰。那天很冷，街上也很静，只有整齐划一的踏步声，挥鞭般地在大学楼前面行进的队伍中回荡着。紧接着，梅塞施密特[①]突然咆哮着在低空掠过城市的屋顶，它们从峡湾而来，从开阔的海洋而来，从德国而来。大家静静地站着看，我父亲不吭声，我也不吭声，人群里没有一个人敢吭声。我抬头看父亲，他垂眼看着我，慢慢地摇了摇头，我也摇了摇头。他牵着我的手，带我离开人行道上的人群，上街走过议会厅，到达欧斯本车站。他或许是要看看忽然间除了德国的军队无所不在之外，去往摩塞维恩的巴士开不开，南行的火

① 梅塞施密特是“二战”期间德国的一种战斗机。

车有没有误点，或者是不是一切都停掉了。我不太记得我们是怎么回小镇的，是坐火车、巴士，还是搭谁的便车——最有可能是步行——反正我们回家了。

这之后不久，父亲第一次出了远门。我和姐姐开始在冰冷的峡湾里游泳，我们的心狂跳不已，绳子就在那里待命。

这真的能让我冷静下来。想着一九四〇年的春天，想着那些寒冷的日子里我父亲和白尼峡湾冰冷的海水，从凯登到英吉尔斯特兰，那一片我们常去的海滩。很快地，我可以把紧抓着凳子的手松开了，站了起来，没有出丑。挤牛奶的女工已经移向下一个牛舍，坐在那里哼唱着，额头贴着母牛的肚子。依我看，她脑子里想的只有这头母牛。我把凳子端正地靠墙摆好，准备偷偷开溜的时候，她的声音在我身后响起：

“要不要喝一口？”我脸一红，不知道为什么，转过身说：

“好啊，一定很棒。”虽然我拒绝鲜奶已经好长一段时间，只要看到它装在杯子里，想着那种浓稠和温热，我就反胃，可是睡在她的牛棚，还对她起了她不知道也绝不会喜欢的非分之想，我实在想不出还有什么可以拒绝的理由。于是，我接过她递给我的满满一勺牛奶，一口吞了下去，然后用力擦擦嘴。等我确定它全部“下去”之后，才说：

“谢谢，我真的要走了。我父亲已经做好早餐了。”

“是吗？真早。”她平静地看着我，仿佛把我看穿了，知道真正的我是怎样的，知道我心里在想些什么，那些事连我自己都不太清楚。我有点用力过度地点了点头，脚跟一转，穿过牛舍走到了门外。还来不及走上大路，我就把奶水全部吐了出来。我扯下几束石楠，再用青苔把地上的白色呕吐物遮住，使她挤完奶带牛群出来经过时不会立刻发现，以致感到难堪。

我顺着大路一直走，直到路面变窄，成了一条小径，然后穿过沾着露水的草丛，转个弯往河流的方向走，一路来到尽头处的小码头，这里靠东边有一潭死水，芦苇几乎把小码头都遮住了。我走上去坐在尽头，两条腿垂在边缘晃着，脚上的靴子几乎就在水里。现在天已经大亮，太阳冉冉升起，已经移到了后山。穿过芦苇丛，我看得见河流的另外一边，那是约恩住的农舍，或者该说是他曾经住的地方，我已经无从得知。他们也有一个小码头，拴着三艘小船，一艘一直都是约恩在用，另一艘我看见他母亲去伐木场的时候会用。第一艘漆的是蓝色，第二艘是红色，第三艘是绿色。第三艘通常停靠在我们的小屋旁，除非是哪个白痴停错了地方，而这个白痴一般都是我。现在它就停在那里。那个小码头还有一条长凳，凳子上此刻坐着约恩的母亲，她身边是我父亲。他们紧紧地靠在一起。他刮过胡子，而她穿着去印百答时穿的蓝底黄花连衣裙，肩上披着我父亲的夹克。他的手臂正环着她的肩膀，就像不到二十四小时之前我做过的那样，只是他做了一件我当时没做的事：他吻着她。我看见她在哭，倒不是因为他吻了她她才哭，反正他吻着她，反正她在哭。

也许在那个时候我缺乏某种想象力，也许到今天还是这样，但是河那一边所发生的事情实在令我感到太突然，我坐在那里瞪着眼、张着嘴，感觉不到冷，也感觉不到热，甚至也感觉不到温，脑子里一片空白。如果当时有人看到我，一定以为我是一个刚从残障之家逃出来的孩子。

我可以说服自己看错了。事实上我不太可能看见河那一边发生了什么，因为河流太宽。我想我顶多隐约地看见有个男的在安慰一个女的，她刚刚失去了一个孩子，丈夫又被送到离家好几公里外的医院去了，她感到寂寞又孤单。如果真是这样，这个时间点未免也太奇怪了。我坐在这里，望见的肯定不是密西西比河，不是多瑙河，不是莱茵河，甚至也不是我们挪威的格罗马河，而是这一条呈半圆形走向、不算太宽的河，经由瑞典边境流入这个山谷、这个村庄，再回到瑞典偏南方几公里的地方，所以它到底算是谁的，是不是瑞典的成分大过挪威，很有争议。如果可以，你不妨吞一口试试，说不定还真有瑞典的味道呢。而河面这一段甚至不是最宽的，我就坐在我这边的小码头上，他们坐在他们那边的码头上。

所以我不会看错。他们吻着，仿佛这是他们这一生最后一件非做不可的大事。我不忍看他们，可还是看着。我努力想着母亲，就像一个做儿子的忽然碰上这样的事情时该有的反应，可是我没有办法想她。她不见了，消失了，她跟这一切完全搭不上边。这时候空空的感觉又上来了，我坐在那里一直看着，直到我坐不住为止。我慢慢地站起来，藏在芦苇后面，尽量不出声地走上木板，回到小径上，走了几步又回头。我看见他们两个也站起来手牵手地朝农舍走去。

我不再回头，只管穿过高高的草丛，走过野地。转了个弯，小径变成了大路，这路经过那座牛乳场，那里的牛棚我睡过。那好像是很久以前的事了，现在光线不一样，空气也变了，阳光照下来，温暖而和煦。我的喉咙里痛痛痒痒的，很奇怪的感觉，像要反胃似的，好在我用力吞咽还能忍得住。我听见牛群在往山坡上走，慢慢登上福禄山。其实它不算是真正的山，只是顶上有森林的丘陵地。还有一些别的牲畜也在往这片最好的牧草地前进，铃声从左到右响个不停。

我走到了堆木头的地方，从这条小路可以直通我们的小木屋，我停下来听。树砍光了之后，河边的景观可以看得清清楚楚，我知道我一定听得见有小船摇过来，然而那个方向一点声音也没有。小木屋在这样的光线下显得更加亲切，我很容易就可以走上去，进到客厅，从罐子里取出一片面包抹上奶油——我是真的饿了——但我继续沿着大路走向桥头和小店。这么走着，花了我二十分钟的时间。弗朗兹的屋子矗立在桥这边靠河的一块高地上。从大路上我看见他的门开着，太阳一路照进了玄关，可以听见收音机里传来的音乐声。我走下碎石路，直接走过去。踏上第三个台阶时，我在门口喊道：

“哈喽！这里有早餐吃吗？”

“哈喽，有！快给我进来吧！”屋内应道。

9

强风呼啸了一整夜。我醒了好几次，听着风贴着墙壁哼唱——当然不止于此，它还凶猛地扣住整栋房子，害得老旧的木材不断哀吟。声音从四面八方传来，尖厉、呼啸、威吓声几乎从森林里直扑过来，还有金属的咔嗒声、强劲的爆裂声，我认为就在柴房附近，这的确令我有些担心。我躺在黑暗里，睁大眼望着天花板，不过羽绒被很暖和，我暂时还不想起来。我不知道石板瓦承不承得住，会不会飞离屋顶旋啊转啊地横过院子，打到我的车，把车给打凹。我想应该不太会，于是继续睡去。

第二次醒来时风刮得更凶了，只是现在像在吮吸，风被屋脊劈开了，不是咔嗒声，不是爆裂声，比较像是大船底下靠近引擎的隆隆声。黑暗中，所有的东西都在摇晃，都在向前挪移。这屋子有了桅杆，有了信号灯，还有一串冒着泡沫的尾波，应有尽有，我喜欢。我喜欢在船上，也许我还没有彻底清醒吧。

等我最后一次睁开眼的时候，已经七点半了，照我平日的标准是醒晚了，太晚了。窗子上只有些许灰光，窗玻璃的另一边出奇地安静。我躺着不动，静静地听，外面的世界一点声音都没有，只有莱拉的脚爪扒过厨房地板走向它那只水碗的声音。一直处在爆破声当中的宇宙，现在完全泄了气，只剩下这只耐心十足的狗崽。我听见它在大声地喝水吞水，然后小心地发出低低的吠声，表示它想要出去做一些不可以在屋子里做的大事——如果不太麻烦的话。

我感觉我的背不太妙，翻转过来趴着，才把自己慢慢推到床铺边缘，让膝盖先着地，再试着抬高身体站了起来。还算顺利，不过经过昨天的卖力工作之后，真是全身酸痛僵硬。我赤脚走进厨房，走过莱拉旁边，再走到玄关。

"过来，莱拉。"我说，它嗒嗒地跟着。我开门让它走到半昏暗的外面，再回来穿上衣服，打开柴箱。运气不错，箱子里木头满满的，我照惯例尽可能地让炉子点着。可是我从来没办法一次就点着，而我父亲就可以，不过只要有时间，迟早能点着。我姐姐也从来都做不到。她每次都准备一大堆干柴、一堆撕成条的报纸和一个通得很干净的炉子，结果除了纸条外其他什么也烧不着。"这火到底怎样才烧得起来啊？你可不可以告诉我？"她总是这么问。我想念姐姐。她也在三年前去世了，死于癌症。什么也救不了她，诊断出来的时候已经太迟了。随着时间流逝，她和我太太逐渐成了要好的朋友，晚上两人经常通电话聊天，评论世界大事。有时候我也是她们谈论的主题，两个人谈到“穿金裤子的小孩”——这是她们对我的称呼——会笑到翻天。“你本来就是穿金裤子的小孩，不容否认的啊。”她们边说边大声地笑。我想是姐姐先给我起的这个外号。我不介意，她们的笑声里不带丝毫恶意，那只是一种幽默，想要笑话我。我一向太严肃，不过也经得起玩笑话。她们说得没错，我一直很幸运。前面我已经说过了。

一个月的时间里两个人都死了，她们走了以后，我失去了跟人谈话的兴趣。我真的不知道要跟人谈什么。这是住到这里来的原因之一。另外一个原因是想亲近森林，许多年前它曾是我生命中的一部分，亲密的程度在日后没有任何东西可及。后来它曾经“缺席”过好一阵子，等到周围的一切忽然静止下来的时候，我才发现自己多么思念它。很快地，我再也想不到其他事了。如果我在那个时间点注定能够活下来的话，非要奔向森林不可。感觉就是这样，就这么简单。到现在依然如此。

我打开收音机，正播着晨间新闻。俄罗斯的手榴弹大量投掷在格罗兹尼。他们又开战了，不过就长期来看绝对不会赢，不用说都知道。托尔斯泰在他一百年前写的《哈吉穆拉特》中已经说过了。真是无法理解，拥权者总是得不到教训，到头来真正瓦解的是他们自己。不过，整个车臣当然有可能被彻底推翻，而今天的可能性又比一百年前大得多。

炉子噼啪作响，烧得正旺。我打开面包盒切下一两片面包，再烧水煮咖啡。这时，我听见莱拉在台阶上用它短而尖的声音吠着。这是它揿门铃的方式，跟它发出来的其他声音很容易区分开。我放它进来，它立刻跑去躺在愈来愈暖和的炉子边。我为自己摆好早餐，把莱拉的那一份放进它的碗里，但是它必须等着，不能马上开吃。这里我是老大，我先吃。

白昼真的来临了，从森林边缘开始。我倾身向前看着窗外，晨光中的景象令我目瞪口呆。我院子里那棵粗大的老桦树已经被大风吹倒，躺在柴房和车子中间，巨大而不真实，最高处的枝丫几乎伸到了厨房的窗子里，另外一些枝干都在车顶上，还有一些把柴房的排水槽给劈裂了，弯成好大一个“V”字形，垂搭下来，把柴房的门整个堵死。我预先把柴箱装满，真是做对了。

这景象说明了昨晚为什么会有砰砰的撞击声。我不自觉地站起来，想要往外走，当然这毫无意义。桦树又跑不掉。于是我又坐下来继续吃早餐，看着窗外，心里想着该如何把这棵躺在我院子里的大树移走。首先要做的是拯救我的车子，这是自然，把它移走，然后是那些枝丫，挡在柴房前面的那些更要处理掉，看看有没有可能让我再进去。我不能没有柴火，也不能没有车子开，这是大事。链锯需要重新锉磨，经过昨天一整日的重活，它已经不堪使用了，可能还需要加些汽油和二冲程机油，这些都得好好地检查一下。都必须用到车子，可是车子现在很可能动弹不了。我有一点惶恐，不知道为什么。这不是什么大危机。我来这里是我自己的选择。我的冰箱里食物充足，水龙头有水，我要走多远都随自己心情而定，我身强体壮，有的是时间。是吗？好像不是。好像完全不是。我突然感到幽闭恐惧。我随时都有可能会死，事实就是如此，只是到了最近这三年我才有所认知，可是根本不理会它，现在还是一样。我看着桦树，它几乎占满了整个院子，铺天盖地。我忽地从餐桌旁站起来，走进卧室和衣躺到床上，这一切都违反了我所有的规则。我瞪着天花板，脑袋转得像轮盘一样，那小球从红色跳到黑色再跳回到红色，最后停在一只碗里——当然这是一九四八年夏天里的一天，更精确地说，是夏天过完的那一天。我站在小店前面的橡树底下，抬起头看着光线随着风起风落在茂密的枝叶间浮动着，闪闪烁烁的，令我目眩。我拼命地眨眼，流下了眼泪，闭上眼睛便感觉到眼皮发热。我听着身后的流水声。将近两个月的时间，我天天都在听，我不知道在我听不见它之后这河会是什么样。

橡树底下很热。我很疲倦。那天我和父亲起得很早，几乎没有交谈地吃完早餐，然后就从小屋里出来走上碎石路，来到桥头，经过弗朗兹的家——太阳光一路照进了他敞开的门里，明亮地刷过碎布毯，斜斜地打在一面墙上，但是不见他的人影，我觉得很难过，我好想念他。

巴士在阳光中等待，已经发动的引擎使车子不断震动。我要离开村子，踏上回奥斯陆的长路，到艾佛伦再改搭火车。父亲站在我后面，就在小店前面的广场上，他一只手按在我头上，轻轻拨弄着我的头发，弯下身子说：

“你没问题的。你知道在艾佛伦车站哪里下车，要坐哪条线、哪个班次。”他详细地说着，仿佛这些话真的很有意义，仿佛十五岁的我非要经过一番指点才能单独上路。事实上我觉得自己又长大了许多，只是我没有表现出来，要是让他知道了，只怕他一时间无法接受。

“这个夏天真的很了不得，”他说，“真的是没话说。”他依然站在我后面，手放在我头上，只是不再揉弄我的头发，而是用力地拽着，把我拽得有些痛。我想他并没有发觉，我也不说话，不叫他松开手。他再度弯下身子说：

“可是这就是人生，你能从发生的各种事情里头学到很多。尤其是在你这个年纪，不管什么你都必须接受，过后记得要好好地思考，不要把它忘记，也不要怨恨。你明白吗？”

“明白。”我大声地说。

“你明白吗？”他说。我点着头又回答了一次“明白”，他这才发觉他把我的头发拽得多么用力，于是松开手笑了一下，声音轻到我无法分辨。我没看他的脸。他说的话我都听见了，可是我不知道我是不是真的明白。我怎么会懂呢？我不明白他为什么用那些特别的字眼，之后我把这些话反复想了上千次。因为他忽然把我扳过来，轻轻把住我的肩膀，一只手开始梳我的头发，眯起眼看着我，嘴角半带着我最喜欢的笑意，说：

“现在你上这辆巴士，到了艾佛伦搭上火车，就可以一路回奥斯陆了。我把这里的事情处理完之后，随后就到。好吗？”

“噢，”我说，“好。”我胃里有一种冰冷的感觉，因为这一点都不好。这些话我以前听过，在那一刻我对自己重复了千百遍的大问题是：会不会有些事情他根本无法掌控？会不会他那时已经知道自己永远不会“随后就到”了？这是我们最后一次见面。

后来，我当然上车了，我坐了下来，将帆布背包放在腿上，转头看着车窗外的小店和河上的桥，看着站在橡树下那闪动的树荫里的父亲，他的身影黝黑瘦高，看着天空，它再也不像一九四八年夏天我在那个村子看到的那样宽广湛蓝了。巴士绕了半个大圆圈后开上大路。我把鼻子贴着玻璃，看着窗外慢慢扬起的灰褐色尘土把父亲掩藏起来。在那样的情境下，我做的一切你应该也都会做：我飞快地起身，从座位之间的走道奔向最后一排位子，跳上去跪着，两手扒在车窗上，望着大路，一直望到小店、橡树和父亲全都在一个转弯里消失为止。而这一切仿佛让我置身于一场我反复看过并彻底排演过的电影里，那决定性的告别是关键，电影里主角的命运从此将彻底改变，各自奔向未卜难料以及并不总是美好的前程，只有看电影的观众清楚结局。那些盯着银幕、整个融入缤纷色彩里的人，有的用两手捂住嘴，有的坐在位子上咬着手帕任泪水决堤，有的拼命想把卡在喉咙里的硬块吞下去，而另外一部分人却气到几乎要跳起来离开现场，因为他们在生活中曾经亲身经历过类似的情境，让他们永生难忘，而就有一位真的在黑暗中从座位上跳起来大吼：

“你这个烂人！”他用手指着橡树底下只能看见后脑勺的那个身影。这吼叫是为了他自己，也为了我，我真的谢谢他的支持。问题是在那个当下，我并不知道事情会演变成什么样。没有任何人告诉我！我根本无从得知背景中的内情。我只是不断地像没头苍蝇似的在我的座位和后车窗之间奔来跑去，我一下子坐一下子站，在走道上来回地走着，坐了这个位子，又换另一个位子，一个人从头到尾就这样忙个不停。我看见司机通过后视镜看着我，同时又得在尘土飞扬的弯路上兼顾着车，显然这让他懊恼，但又禁不住去看，一句话也没说。去往印百答的半路上，上来两家人——河流在这一站转了方向，消失在通往瑞典的森林里——这两家人有孩子和狗，还拖着一堆行李。有个女士带了一只母鸡，装在笼子里，它不停地咯咯叫。我强迫自己乖乖坐回原来的座位上，直到最后我终于睡着了，车窗砰砰地碰着我的头，柴油引擎嗡嗡地在我耳边唱歌。

我睁开眼，感觉头在枕头上好沉重。我刚刚睡着了。我抬起手看手表，发现自己只睡了半小时，不过很难得了。毕竟我才刚起床，还起得很晚。我真有那么累吗？

外面是大白天。我两条腿甩过床沿，坐起来的时候抽搐了一下，接着忽然一阵头晕，整个人止不住地往前倒，要栽下去的时候我感到眼前有一道光，一边肩膀便先着地了。撞到地上时，我就听见自己痛苦地怪叫一声。好了，我倒下了。痛苦不堪。这真是要命！我小心翼翼地呼吸，尽可能地不使力，但这很不容易。现在死未免也太早了吧？我才六十七岁，身强体壮，每天还会带莱拉出去溜达三次。再说，我吃得很健康，不抽烟已经有二十年了。应该还是管用的。无论如何，我不要这样的死法。我现在应该采取一些行动，可是我不敢，因为我怕办不到。那到底要如何呢？我甚至连电话也没有。我一直不肯下这个决定，因为我不想接近人。而现在，很显然别人也接近不了我，我必须承认。尤其是在这一刻。

我闭上眼睛静静地躺着。地板贴着我的脸颊，感觉冷冷的，有灰尘的味道。我听见炉灶旁边莱拉呼吸的声音。我们早就该出去散步了，不过它很有耐性，没有来烦我。我有一点想吐的感觉。这好像说明了什么，但又等于什么也没说明。我只是想吐。

我突然火气上来，索性用力闭紧眼睛不看外面，转着身子设法把膝盖弯到身子底下，再用一只手按在门框上，慢慢地、小心地让自己站起来。尽管膝盖在抖，但我成功了。我依旧紧闭着眼睛，直到晕眩的感觉完全消失之后才睁开了眼。我垂眼一看，莱拉就站在我面前，用那双聪明的眼睛专注地望着我。

“乖狗，”我丝毫不觉得自己蠢，“我们出去吧。”

我们说走就走。我走到玄关，两条腿还有些发抖，但穿上夹克扣扣子倒没有什么问题。我走到台阶时，莱拉跟在后面，等候我套上靴子。我非常专心地倾听着自己的身体，试着在这架虽老却依旧精密的机器里找出哪里出了毛病，可是实在不容易确定。除了有一点点想吐和一边肩膀酸痛外，其他似乎都还正常。也许头重脚轻的程度比平常严重些，不过这没什么奇怪的，毕竟在刚刚倒下之后，我又站起来了。

我尽量不去看那棵桦树，可是很难，因为我转来转去，也没太多地方可看。我眯着眼紧挨着屋子的外墙走，为了避开那些长长的树枝，还得一面走一面拨开它们。好不容易才走到车道。我背向着院子，踏上通往河边和拉尔斯小木屋的路，莱拉舞着一身黄毛走在前面。我转到桥边的小径上，沿着溪流一直走到近河口的岸边。已经十一月了。我看见了昨晚在起风的黑暗中坐过的长凳，两只白天鹅浮在河湾灰色的水面上，光秃的树木衬着苍白的旭日，湖的另一边，暗绿色的森林掩隐在南边一片乳白色的雾气中。很不寻常的宁静，就像小时候每个星期天的早晨，或者复活节前的星期五。手指头啪嗒一声，就像一声枪响。可是我听得见莱拉在我后面的呼吸声。苍白的阳光戳着我的眼睛，突然间我感到恶心，弯下腰直接呕吐到小路旁的枯草上。我闭起眼，感觉头在转，真的很不舒服，要命！我再睁开眼时，莱拉站在那里看着我，然后走上来嗅我刚才吐掉的东西。

“不要。”我的声音出奇地尖厉，“走开！”它立刻转身跑开，跑了一段之后停住了，伸着舌头往回看。

“好了，”我说，“好了。我们走吧。”

我开始慢慢地走。作呕的感觉减轻了，如果我放轻松，应该可以绕湖走完一圈吧。真的行吗？我不敢说。我用手帕擦擦嘴角和额头上的汗，走到芦苇丛的边缘，一屁股跌坐在长凳上。我又坐在这里了。一只天鹅游过来靠岸。不久湖上就要结冰了。

我闭上眼，忽然想起昨晚的一个梦。这个梦很怪，我醒来的时候就消失了，现在却又清晰无比。我跟前妻在卧室里，那不是我们自己的卧室，我们还是三十多岁，我非常确定，我的身体可以感觉得到。我们刚刚做完爱，我表现得很卖力，超乎平常的水平，至少我认为如此。她躺在床上，我站在衣柜旁边，从镜子里能看见我的全身，除了头。在梦里我看起来很棒，好过现实中的我。而我前妻掀掉羽绒被，露出赤裸裸的身子，她看起来也很棒，真的很漂亮，事实上几乎可以说是陌生，不大像刚刚和我做完爱的那个女人。她用那种我最害怕的方式看着我说：

“当然，你不过是许许多多人里面的一个而已。”她坐起来，赤裸又沉重，是我熟悉的样子。她这样令我厌恶到了极点，也害怕到了极点。我大吼：

“休想，我不是。”接着我开始啜泣，因为我知道这一天会来临。我发现这世上最令我害怕的就是成为马格利特①画中的那个男人，他在镜子里一次又一次地看到的只有自己的后脑勺。

---

① 马格利特：比利时超现实主义画家，代表作有《戴圆顶硬礼帽的男子》《夜的意味》等。

II

10

我和弗朗兹两个人坐在他那栋河边小屋的厨房里。由窗户射进来的阳光白花花地照在餐桌上，我们一人一个白色餐盘、一只倒了咖啡的白色杯子，咖啡是从他擦得雪亮的水壶里倒出来的。这壶里的水一直在炉子上煮着，不管是夏天还是冬天，他说，只是夏天他会把窗子打开。厨房漆成了这里常见的蓝色，据说可以挡苍蝇，好像是有些道理。所有的家具也都是他自己做的。我在这间房里感觉很舒服。我拿起罐子往杯里加了些奶，让咖啡比较清淡顺口，不那么浓烈。我半眯着眼望着从窗下流过的河水，一闪一闪的，像千万颗星星，又如秋天里汩汩流淌的银河，永无止境的溪流蜿蜒曲折地流过夜空，在那广垠的黑暗里，你自在地躺在家乡的峡湾边上，背靠着斜斜的岩石仰望着天空，直到眼睛发痛．整个宇宙的重量仿佛全部压在你的胸膛上，让你几乎不能呼吸；或者相反地，你被抬了起来，漂浮了起来，就像无垠太空中的人肉微粒，永远不再回来。单凭这样的想象，就能够让你有一些遁世的感觉。

我回过头，看见弗朗兹手臂上的那颗红星。它在阳光下鲜明夺目，每次他动手指或握紧拳头，就会像旗帜似的舞动。他很爱显摆。他很可能是个共产党。很多伐木工都是，而且理由也很充分，父亲说。

以下是弗朗兹告诉我的：

一九四二年，我的父亲从森林北边过来，要找一个靠近边境可以掩人耳目的地方，方便他为抵抗军把文件、信函甚至影片之类的东西送往瑞典，等到任务完成或行迹湮灭之后又可以再回来，也就是一个他可以反复利用的地点。他一点都不匆忙。他并不是在逃亡，也或许是装作不是。他没有丝毫想隐藏的意图，很开放，对什么人都很友善。他需要一个可以让他思考的地方，他说，怪的是没有人怀疑他的说法。他是从那边来的。你去过那边吗？当有人难得去了一趟首府回来的时候，他们会这么问。那边的人就是不一样，大家都知道，所以很合理。他要有一个可以让他思考的地方，而一般人随时随地都可以思考。这没什么好大惊小怪的。

只有弗朗兹清楚他真正的用意。他们两个很早就认识了，却始终没有见过面，直到那天我父亲走上弗朗兹家的台阶，敲开门说出事先安排好的话：

“去不去，我们去偷马？”

我从窗口转过头来瞪着弗朗兹说：“你说他说什么？”

“他说‘我们去偷马’。我不知道是谁想出来的点子。大概是你父亲吧，反正不是我。不过我知道他接着要说什么。巴士带来了印百答那边的消息。”

“噢。”我说。

“我立刻喜欢上他了，真的。”弗朗兹说。

谁不喜欢他呢？男人喜欢我父亲，女人也喜欢我父亲。就我所知没有谁不喜欢他，也许除了约恩的父亲。不过那是另外一回事，我猜想在不同的情况下他们根本不会彼此敌对，很可能早就做了朋友。奇怪的是，这跟我日后所见的情形很不相同，一个被许多人喜爱的人往往并不是很出色，不是很爱出风头，也不会刻意去招惹人。我父亲一点都不这样，他确实总是笑脸迎人，而且很爱大笑，不过他的笑是出于自然的，并非为了投谁所好。至少对我是这样的。我很喜欢他，虽然有时候他会令我感到羞怯，那可能是因为我对他的认识不像一般孩子对父亲那样。过去这些年，德国人来的时候，他经常出门在外，我经常几个月见不到他，等到他终于回来，像其他男人一样走在大街上的时候，总是有着某种我难以形容的与众不同。每次回家他都会有稍许改变，我必须非常用心才能“抓”得住他。

不过我从来没有怀疑过我或姐姐在他心目中的特殊地位。也许我比她更特别，因为我是男孩他是男人。即使我们经常而且长时间地不在同一个地方，我也从来不会担心我不在他的心里。一九四二年他来到这个村子里的时候，我还在家乡奥斯陆峡湾边上我们住的屋子里，每天上学，坐在那里梦想着把德国人打败赶走之后我们要一起去旅行。而照他的说法，他正在这里寻觅一个让他可以思考的地方，他要将这里作为藏身之地，作为他前往瑞典给抵抗军运送文件、影片的一个基地。

弗朗兹亲自带我父亲去看这间避暑的小木屋，它在战前被取消了回赎权，那时候已经空了四年。巴卡插手进来，买下了包括这间屋子在内的小农场，当然以很便宜的价钱，所以他成了这块房地产的所有权人。这里对他来说根本没有用处。他随它自生自灭，牛棚已经倒塌，但那会儿也没什么牛群。我父亲一眼就看中了这个地方，尤其是因为它位于河的东岸，走二十分钟就能到最近的桥头，再加上农场后面没有其他建筑物，连一间茅舍都没有，一路到瑞典那边的边界。当然还不只这些。弗朗兹认为我父亲很喜欢这里，喜欢去做那些让他的所作所为名正言顺以及必须得做的事：割草，清理牛棚的残余并烧掉，补修屋瓦，整顿河岸的矮树丛，修理屋顶重建屋宇，更换新的窗框窗格。他用封胶修补炉灶，打扫烟囱。他还做了两把新的椅子。所有这些事情对他来说都是轻而易举的，在奥斯陆我们租来的屋子里，他根本没有时间也没有自由去做这些事。那是一幢三层的瑞士木屋，我们住在二楼，三个房间、一个厨房，紧邻着莱安车站，可以看见奥斯陆峡湾内侧和白尼峡湾。

他并不打算在这里长住，只要让人家习惯在河的另外一边看见他，看见他爬上屋顶或是闲在院子里，或是坐在河边的哪块石头上思考，照他的说法，他必须靠近水才能思考。这当然有点怪，不过也无可厚非。他们看到他肩上搭着空袋子穿过巴卡的牧草地，一路往小店走，大约都在印百答和艾佛伦开过来的巴士到达的时候，或者看见他背着一堆补给品和另外一些日常用品往回家的路上走。每次他带着该传递的东西去瑞典交给某个特定的人，再利用夜晚做掩护通过边界回到这里。他总会赶在回奥斯陆之前找出好几样可以修正改善的东西，这样一来他就可以待得久一些，再除一次草，或者在离开前砌好烟囱周围的砖头，原来的砖块从上到下都裂了，很可能崩塌下来砸中哪个人的脑袋。他就是以这样的方式过了两三年“一边一国”的生活，而我们——他在奥斯陆的家人，完全被蒙在鼓里。当初我坐在弗朗兹的厨房里，并没有想到他会跟我谈起这些，我哪里知道父亲早在五年多以前就把自己安顿在巴卡的破落小农场里作掩护，在挪威加入战争的第二年，他让自己成为最后一条连接瑞典和挪威的情报线路，展开了他们所谓的“交流”。直到许多年以后，我才发现这是他的行事作风。他在这个河边小村子里度过的时间，和与我们在白尼峡湾生活的时间一样多。可是我们不知道，也不会想到，会有这样的一个地方，我们从来不知道他在哪里。他出门了，然后他又回家了。一个星期，或者一个月，我们慢慢习惯了没有他的生活，一天又一天，一星期又一星期。可是我常常思念他。

弗朗兹说的这一切对我来说都是新闻，我毫无理由怀疑他说的话。为什么是他来告诉我那时候的事，我父亲却从没提过？这是我坐在那里听他不断往下说时想的一个问题。我不知道可不可以问他，也不知道能否得到一个承受得住的答案，因为他必定以为我已经知道了全部，只是好玩地想听听另外一个版本。我也不知道为什么我的朋友约恩或是他母亲、他父亲，或是店里那个常常跟我聊天的男人，或是巴卡，或是不管别的什么人，都不跟我提起，仅仅四年前，父亲就曾频繁地出现在这个村子里，虽然是在河的另外一边，那间避暑的小木屋里，但他几乎就算是这里的一个居民了。可是我没有问。

最靠近教堂和小店的农场上，长期驻扎着一个德国巡逻队，他们刚刚征收了一个农户的地，把那一家人硬生生地赶进已经拥挤不堪的佃农之家。这里经常（并非一直）会有一个卫兵在桥头的碎石子路上站岗，他肩膀上扛着一把系了枪带的小型轻机枪，长官不盯着的时候，他嘴里总是叼着一支烟。有时候他干脆在岩石块上坐下来，把轻机枪搁在面前的地上，然后摘掉头盔不断地把玉扁的头发捋顺，抽着烟定定地瞪着自己的膝盖和那双锃亮的皮靴中间，直到香烟烧到了手指才勉强站起来。他后面的河水急切地冲着，那声调在他听来从未改变。他们在这里很无聊，无事可做，战争都在别的地方，但是总好过东部战线。

当父亲决定走那条路线，经过小桥，走过弗朗兹的屋子，再向下走河东边那条碎石路时，会先停下来跟德国警卫闲聊一会儿，他的德国话说得相当好。那个时期直到七十年代，很多人都能说，这是你在学校必学的一种语言，不管你想不想。警卫每次都不是同一个人，只是他们看起来长得都很像，没有谁分得出来，也没什么人对他们感兴趣，就当他们根本不存在，那些学会的德国话也很快都忘光了。但是，我父亲很快就知道了每一个警卫的来处，在德国有没有太太，喜欢的是足球、田径还是游泳，想不想念自己的母亲。他们都比他小上十岁到十五岁，有的更小，他跟他们很贴心地交谈，一般人很难做到的。弗朗兹从窗口可以看见我父亲站在那穿着灰绿色制服的男人（或者应该说是男孩）面前，两个人互相递着烟，一个为另一个点上火，具体谁点火要看谁请客。即使没有风，他们也习惯把火柴圈在手里，两个人亲密地弓着身子就着那小小的火焰开始抽。如果在傍晚，那火焰会在他们脸上映出一团黄光，他们站在碎石子路上，在静止的空气里聊着天抽着烟，直到香烟成了烟蒂，被扔到地上，各自踩灭，然后我父亲举起手说“gute nacht”（晚安），对方也感激地回一声“gute nacht”（晚安）。他走下桥，含着笑踏上去往小木屋的路，背上搭着破旧的袋子，袋里装着一些东西。他知道如果他做出任何突兀的动作，像是突然转身拔腿开跑，那德国男孩铁定会迅疾地摘下肩膀上的轻机枪，大喝一声：“停住！”如果他不停住，会有一串连发的子弹冲着他而来，或许他就这样被射死了。

另外一些时候，他会带着更满一点儿的袋子，从大路转进巴卡的牧草地，沿着围篱走过去，再划船过河。他在路上遇到人都会挥手，不管是德国人还是挪威人，没有谁会制止他。大家都认识他，他是重建巴卡那间小木屋的人，他们问过巴卡，他确认了授权。他们到过那个地方三次，果然找到很多工具和两本汉姆生的书：《锅子》和《饥饿》，这些东西他们都开心地接受了，除此之外并没有发现任何可疑的东西。他是一个定期乘巴士离开村子去外地住一段时间的人，因为他忙于好几个类似的工程。他的边界居住证或其他文件都没有任何问题。

我父亲保持这条联线两年，整个夏天和冬天。他不在小木屋的时候，边境的事就由村子里的人代班跑腿。弗朗兹代过一两次。约恩的母亲在走得开的时候也代过，不过危险性相当大，因为这个区里的人彼此都认识，日常作息彼此也都很清楚，有任何反常都会受到注意，并被记载在日志里，作为日后了解彼此之间生活的依据。他回家了，对这项“交流”不知情的人仍旧不知情。这些人里面有我、我母亲和我姐姐。有时他直接从巴士取得“邮件”，或者从店里，在开张前或打烊后。其他时间约恩母亲来收取，并划船过河送来食物。巴卡也常请她烹煮，因为工人要吃饭，她非来不可。好像他自己没办法对付煮饭的炉子，非得要个女人来帮忙才行。这真有点怪，我心想，大小事他几乎都能上手，偏偏这件事他需要帮手。其实他烹调的手艺不亚于我的母亲，但那要在逼不得已的时候。我知道这点，我亲眼看过也尝过无数次，只是他在这类事情上比较懒，所以只有我和他两个人时，我们就吃所谓的“乡村简餐”。煎蛋最常吃，我一点都不反对。我母亲掌厨的时候，我们吃的就是她所谓的“正常餐”。这是指我们有钱的时候，但这种时候不多。

约恩的母亲一个星期过河一两次，不管带不带食物，不管有没有“邮件”。她算是充当我父亲的厨子，好让他有正常的三餐可吃，不至于病倒。因为那些营养不均衡的独居男人一般都没有力气做他想要做的大事。巴卡在店里就是这么说的。

约恩的父亲没有参加。他并不反对他们所做的事，没人听见他说过什么闲话，至少弗朗兹没听过，只是他不愿意跟这项“交流”有任何瓜葛。每次只要有情况出现，他就装作没看见，在他太太带着食物篮踏上红漆小船划向我父亲的时候，他装作没看见。甚至有个陌生人抱着一只拴得死紧的手提箱，头戴一顶城市帽，在薄暮中静静地出现在他的谷仓里，独自坐在车轮上，穿着一身不合时宜的衣服，沉默困惑地等待天黑，他也装作没看见。到了夜里，同一个人被人用小船接走送去上游，不出半点声音。先穿过院子，再到小码头，路上不说一句话，不亮一点灯。他对这件事也不发表任何意见，不管在当时还是事后，纵使这人只是个开头，因为现在经由这边村子过瑞典边界的不仅是“邮件”了。

时序已是深秋，有雪，河水还没结冰，你还可以在河里划船。这可是件好事。因为那天大清早，弗朗兹说得好，在公鸡都还没从立脚的地方栽下来之前，有个穿西装的人摸黑在干道边下了车，背着包踏着雪走上农场的路，直接进了约恩家的院子。那人穿着夏天的薄底鞋、一条宽松的裤子，冻个半死，腿一直在抖，抖得两条裤管从臀部到脚跟一直在不停地晃。约恩的母亲围着一条披肩走上台阶，胳臂底下夹着一条毛毯。真是一个很怪异的景象，这是她在一九四五年五月从瑞典回来的时候亲口说给弗朗兹听的，简直就像一场表演。她把毛毯递给他，带他进了谷仓，整个白天他都得待在干草堆里，直到黄昏，将近十二个小时。因为要到下午五点左右天才会黑，而他正是上午五点过来的。可是那人无法接受。他在里面疯了，约恩的母亲说，到两点钟就崩溃了。他开始说一些奇奇怪怪的话，抡起一根铁棒乱挥乱打，梁柱上的木屑纷纷落下，干草车上好几根板条也被敲掉了。

他的动静，你可以在院子外面听得很清楚，说不定连上游的人也听得见，因为没有风，他的喊叫声可以清楚地传送到河上；甚至在大路上也听得到，那条路上德国人一天起码开车来回两三趟，警觉得很。接着，牛棚里的牲畜也开始骚动。布拉米娜哀号着猛踢马厩的墙壁，牛群在围栏里哞哞叫，仿佛春天已经来到，它们急着要去牧场，这件事非得尽快解决不可。

他必须离开谷仓。必须把他从河上送走，一分钟都延误不得。可是这样的大白天，在旷野地上老远就能看得清清楚楚，加上光秃秃的树林，地上又有积雪，任何东西都无所遁形，从路口一眼就能望到河流。可是他不走不行。约恩还没有放学，双胞胎兄弟在厨房里玩耍。她听见他们在地板上翻滚嬉笑，像平常一样打打闹闹。她静静地穿上保暖的衣服，戴上帽子、手套，走下台阶，经过院子，进到谷仓里。她的丈夫在长沙发椅上醒了，站起来。这里我也许讲得有些夸张，也许不是事实，不过直到现在我仍相信当时一定有一个鬼怪进入屋子把他拉了起来，拽到玄关，那里有盏不加灯罩的灯泡从来也不关，为了帮夜行的人看清前面的路，夹着他长胡子父亲照片的金色相框挂在衣钩上方，他恍惚地站在那里，没穿鞋。门是刻意朝外开着的，这样天气恶劣的时候，雪不会被吹进来。这一次，约恩的父亲不想再装作没看见，他牢牢地盯着她。即使在背后，她也感觉得到他站在那里，这真的令她有些诧异，不过她并没有回头，只是拔掉门闩，打开谷仓的门走进去，在里面待了很久很久。他站在原地，一直盯着。终于，她跟那个陌生人一起走了出来，她穿着保暖的靴子和夹克，他穿着西装和夏季便鞋，灰色的袋子搭在背上。现在他在西装底下加了件套头毛衣，使那件西装上衣显得又绷又鼓，很难看。他手上不再有任何“武器”，她直接牵着他的手，他现在很谦顺，几乎是软瘫无力，也许经过那一场计划之外的发作之后精疲力竭了。他们朝着小码头的方向往外走，走过院子一半的时候，她忽然转身回头望。他们的脚印在雪地上极明显，先是陌生人在巷道里的足迹，再来是她从屋子里走出来的痕迹，最后是两人从谷仓到他们现在站的地方的足迹。那双城里人的夏季鞋留下的脚印特别引人注意，完全不像这个时候这个地区其他人穿的鞋子留下的脚印。她望着地上，咬着嘴唇努力地动脑筋，那人又躁动起来，开始扯她的衣袖。

“走啊，”他用压低的尖音说，“我们快走啊。”他的口气像个被宠坏的孩子。她抬头看见丈夫仍旧站在门口。他个子很魁梧，把门口整个堵住了，一点灯光都透不出来。她说：

“你来踩着他的脚印走。没有选择的余地。”

等她说完，他的脸变得有些僵硬，她不看也不管，因为穿西装的人很不耐烦，他已经甩开了她的手臂径自往小码头走去，她急忙跟上去，不久两个人便消失在屋外了。

约恩的父亲站在那里，只穿了双袜子，看着院子。在寂静中他听见他们上了小船，船桨下水时隐约发出拨水声，铁架碰撞木头时发出很有节奏的嘎吱声。他的妻子在划船了，用她强壮有力的胳臂，这两条手臂他太熟悉了，他们曾有过那么多个夜晚，那么多年的相拥缠绵。可是现在，她又要到上游去看望那个住在小木屋里从奥斯陆来的男人了。每次只要出了问题她必去那里，每次要发生什么大事她也必去那里，现在小船上又载了一个全身发抖的白痴，这人很可能也来自跟他相同的城市。时间近正午，雪地的反光十分刺眼，他朝院子瞥了最后一眼，做出了一个令他后悔不已的抉择——他关起门走进客厅坐下来。两个双胞胎仍旧在厨房里玩，隔着墙能听见他们的声音。对他们来说，一切都还是原来的样子。

11

我凝望着湖泊，在长凳上坐了很久。莱拉四处奔跑，我不知道发生了什么，有些东西从我身上悄悄地溜掉了。作呕的感觉没了，我感觉神清气爽，轻飘飘的。好像被人救活的感觉，从船难中，从困扰里，从恶灵手中被救活了一样。有个大法师来过又走了，把所有的麻烦一并带走了。我无拘无束地呼吸着。未来还在。我想到音乐，我很有可能会去买一个CD唱机。

我从桥上走向斜坡，莱拉跟着我，我看见拉尔斯站在我的院子里。他一手握着一把链锯，一手抓住一根桦树枝。他摇着树干，但他哪里摇得动，树枝只稍微动了动。这会儿阳光更黄了，强烈地打在我的脸上。拉尔斯戴着一顶军官帽，他把它拉低到遮着眼睛，一听见我走过来，他便转身，头几乎整个往后斜才能从帽檐底下迎上我的视线。扑克和莱拉在玩拔河，就算桦树堵着院子也照样玩，装腔作势地打打闹闹，又哮又叫地在柴房后面的草地上打滚，快乐得不得了。

拉尔斯咧着嘴再次摇晃着树枝。

“我们要不要把它处理一下？”他说。

“好啊，请。”我带着最真诚的笑容说。我是真心的。算是松了口气。我想我会喜欢拉尔斯，虽然不是很肯定，不过有可能。这个我不会感到意外。

“你最好先把那根树枝锯了，”我指着把排水槽压垮又压住柴房门的那一根树枝说道，“因为我的锯子在屋里面。”

“等着瞧吧。”他说着拉开锯子的阻风门。那是把“哈斯克伐那”，不是“琼森”，但这居然让我感到很轻松，好像我们在做一件不准做却又实在很好玩的事情。他拉了一两次链带，然后啪地合上阻风门，稳稳地抓住链带一面拉一面把锯子往下送，链锯发出一阵漂亮的吼声，一瞬间那根树枝就被锯了下来分成四截。门上的障碍解除了。这真是赏心悦目的景象。我把挂在排水槽上的树枝推开，走进去取链锯，它还在我原来放的位置上，顺便又把装着汽油的黄罐子带出来，里面还剩了些汽油。我把锯子侧放在草地上，蹲下来旋开油槽加入汽油，油量很快上升，汽油罐很快就完全空了。一滴汽油都没洒出来，我的手很稳。有人在旁边看的时候，这样的感觉真好。

“我柴房里还有一两罐汽油，”拉尔斯说，“够我们用的了。不必事情做到一半的时候赶着去村子里了。”

“真的不必了。”我的确不希望这么做，但也不想这个时候去村子里。我不需要采买任何东西，今天不是做那些无谓社交的日子。我发动“琼森”，很幸运地一发就动，我和拉尔斯合力进攻桦树，从两个角度切入。我们这两个手脚不算太灵活、六七十岁的男人，头上戴着耳罩，对抗着锯子吃进木头里发出的那令人耳聋的呼号声。我们弯身对着树干，手臂尽量往外撑，确保那危险的链子随我们的意，而不是一个不顺心反冲过来。我们先对付那些树枝，把它们齐树干切除，再锯成合适的长度。凡是不能用来当柴火的，全部锯掉堆成一堆，到时候划上一根火柴，在十一月的黑暗中弄一堆篝火。

我喜欢看拉尔斯工作的样子。不能说他很利落，可是很有条理，他抓着重重的链锯对付桦树树干的时候，要比带着扑克在路上走的时候来得优雅。他的风格感染了我，我一贯的做法就是这样，先有行动再做理解。渐渐地，我发现他不管是弯腰、移动、扭转还是斜靠，都有一种很合逻辑的平衡法，让身体的重量和链锯在紧咬树干时的拉力配合得非常顺畅，所有这些动作都让锯子更容易切入目标，把人身在那样毫无遮蔽时可能造成的伤害减到最低。前一分钟还壮得刀枪不入的样子，然后轰的一声巨响，忽然像个玩偶那样粉身碎骨，所有的一切就此彻底毁了——我不知道他在那样沉稳地挥舞着链锯的时候是否也这么想，他可能没有，可是我有，还有好几次，一想到这个就再也没有办法停止，这个想法真的让我高兴不起来。然而这无关紧要，我早已习惯，但我确信他母亲的心中充满着类似的想法。一九四四年深秋的那一天，就在她全心全意地把小船划向上游之际，拉尔斯在厨房地板上开心地跟双胞胎弟弟奥得嬉闹，完全不知道周围出了什么事，会导致什么样的情况，更不知道三年后他会把双胞胎弟弟奥得一枪打死，用大哥约恩的枪把他的身体打得开花。谁也不可能知道，屋外覆着雪的田野上亮着铁灰色的天光，水面上，他母亲努力表现得像平常一样去避暑小木屋。

我可以清楚地看见这幅画面。

她戴着蓝手套的双手紧握着桨，靴子撑着船底板，急促的喘息中，她不断地哈出白色的雾气。那穿着夏季鞋的陌生人窝在船底她的两条腿中间，怀里紧抱着绝不离手的灰色袋子，仍是一条单薄的长裤，一丝暖意都没有。他抖得太厉害了，把船板震得咚咚作响，简直就像一个你还不清楚构造的二冲程马达在试车。她从来没碰见过这种事，只怕远在岸上都能听见她船上的新“引擎”了。

我可以清楚地看见这幅画面。

不久后，那辆带挎斗的德国摩托车稳稳地驶在清过积雪的大路上，好巧不巧地转进了那户农家的院子，看不出有任何目的，谁也不清楚这名骑士要来做什么。也许他只是太寂寞，渴望找个人说说话；或者急着想抽支烟，却在点火的时候发现最后一根火柴用光了，所以过来借一盒火柴，在抽烟的时候，有人还可以陪他站在那里，看看风景和河流。在这一刻，他只想找一个来自不同国家的人一起抽一支再单纯不过的香烟，远离战争的丑恶。除此以外，再也没有谁能猜到什么更好的理由了，无论是在当下还是以后。总之，他把摩托车停在院子里，下了车不慌不忙地走向农户家的大门。但是他永远也走不到那里了。他忽然停下脚步，注视着地面，开始来回地走，然后兜个圈子，蹲下来，最后走出院子，朝着河流的方向，直接走上了小码头。在他那无边黑暗的心中忽然冒出了一点亮光。硬币对准了投币机里的位置，清楚地听见“咔嗒”一声。现在每件事情都清楚了。事不宜迟，他往回飞奔着上了摩托车，用力踩油门，要命的是马达无法发动。他一试再试又再试，突然车子像一记射门一样起死回生，他把住车把呼啸着上了车道转上大路，空空的挎斗一路溅着雪花，咔啦啦地狂响。在转角出现的是约恩，他臂膀下夹着书包走在放学回家的路上，听见摩托车的声音，正准备跳进沟里，免得被碾过伤残一辈子。这一摔，书包的搭扣断了，书本抛得到处都是。那个士兵完全不理会，反而加足油门冲过小店和教堂之间的十字路口，消失在那座跨河的桥上。

我可以清楚地看见这幅画面。

约恩在雪地上捡拾散落的书本时，他的母亲还在河上，那个穿西装的男人也还平贴在船底。船上载着两个人，再加上逆流，即使这个时节水势不算太强，划起来还是非常吃力，进度很慢。离木屋还有一大段距离，我父亲这时正趴在工作坊的桌上做木工，根本不知道她正在来的路上。小船里的男人一面抖一面呓语，接着又哭了一会儿，然后又开始呓语。划桨的女人恳求他安静下来，可他紧抓住包的肩带，完全迷失在自己的世界里。

弗朗兹站在厨房里，窗户开着。他从森林干活回来后把炉火拨得更旺了些，现在屋子里太热，必须放进来一些新鲜的空气。仍是大白天，他站在那里抽着烟，想着自己到底为什么始终没结婚。每年这个时候，待寒意悄悄袭来，他就会想到这个问题，而且一直持续到圣诞节以后，但是等到新年一开始他就抛开不想了。缺乏机缘并不是理由，只是每当站在敞开的窗口抽烟的时候，他硬是想不起真正的理由到底是什么。而在这一刻，一个人住的处境似乎显得可笑又荒谬。就在同时，他听见一辆摩托车速度惊人地从河那一边疾驶过来。桥距离他的屋子五十米，桥对面再走二十米就有站岗的卫兵，他穿着灰绿色的长大衣，那把轻机枪矗在肩膀后面，又冷又无聊的样子。他也听到摩托车的声音了，音量愈来愈大，他转身朝那个方向走了几步。现在弗朗兹看见驾驶员戴头盔的脑袋从密林后面露出来了，马上整辆摩托车也露出来了，驾驶员趴在车把上，好让风的阻力降到最低，再有几百米就能到达十字路口。整个白天雾茫茫的，太阳西下的时候，东南方忽然抛出一道金光，斜斜地罩着山谷，照亮了河和河上的一切。一束耀眼的光刺进了弗朗兹的眼睛，把他从婚姻以及一长排金发和黑发候选人的白日梦里惊醒，他突然知道自己盯着的路上那东西究竟是什么了。他把香烟往外一扔，急转身冲到玄关，从皮带里抽出一把小刀，跪下来卷起碎布毯，地板上有条裂缝，他用刀子用力一戳，再往前一扳，连在一起的四块木板应声而起，他把木板推开，伸手探进去。他早就料到会有这样一天。他都准备好了。没有犹豫的时间，连一分钟也不能迟疑。他从那个小空间里取出一根雷管，快速地检查一遍引线的位置，确定没有打结，便把雷管平放在膝盖中间，做了一次深呼吸，稳稳地抓住把柄，用力一捶。他的屋子在震动，窗户在乱响，他再呼一口气，把雷管放回原来的小空间里，把四块地板放到方形空地上，捏紧拳头敲牢，再把毯子铺回原位，一切看上去跟一分钟之前一样。他站起来跑到窗口看，桥被震得粉碎，有些木板就像电影里的慢动作那样还在半空中回旋，在爆炸后忽然出现的寂静中慢慢地落到地面，有些木板奇特无声地击中河岸的石头，有些落进河里顺水漂流起来，所有这一切，弗朗兹似乎都像是透过玻璃看到的，虽然窗户明明开着。

断桥的另一边，那名警卫头朝前倒在雪里，鼻子贴地，离弗朗兹之前看见他的位置有好长一段距离。那辆摩托车没有及时赶上，现在慢了下来，近乎迟疑地慢慢移向雪地上的“尸体”，然后停住。骑手下了车，摘掉头盔夹在臂膀下，仿佛是去参加一个丧礼，走完最后几米路，对着地上的警卫低下了头。一阵强风扯动了他的头发，他只是个大男孩。他跪倒在这个很可能是他好朋友的人身边，就在这时，那警卫用两只手撑起自己，他没有死。他维持着这个姿势，看得出是在呕吐，然后他拿轻机枪支撑着自己站了起来。那骑士也站起来，倾身向前对他说了些话，可是那警卫摇摇头，指指自己的耳朵。他什么也听不见了。两个人转过头看桥，桥已经不在了，他们奔向摩托车，警卫跨进挎斗，骑士则坐上驾驶座掉转车头。不是朝着巡逻队驻扎的农舍，而是朝着刚才来时的路，他不顾一切地加足油门。挎斗载了一名乘客，所以车子发动起来很辛苦，不过很快恢复了正常。几分钟之后，摩托车驶过巴卡的农场，速度飞快。没过多久，一个急转弯，两个人几乎完全侧倒，就好像强风中一艘要转向的帆船必须借此保持平衡。一刹那，挎斗整个离开了地面，摩托车在雪地里呼啸而过，正对着围篱和大门直接冲撞过去，根本不等开门，门闩木条四面八方乱飞，击打着头盔，他们没停，勉强穿过门柱。他们紧贴着铁丝网疾驶，一路踢踢踏踏地擦过围篱桩，摩托车上下弹跳，两边摇晃着压过草丛，沿着小径直奔河边。这是我父亲去小店取“邮件”的必经之路，也是仅仅四年后我和我的朋友约恩常常走的路，而他某一天从我生命中消失了，因为他的一个弟弟射杀了另外一个弟弟，用的是他忘记把子弹下膛的枪。彼时正值盛夏，他是两个弟弟的看护人，一瞬间，一切都变了样，不复从前。

河的另一边，约恩的母亲把小船泊在父亲常用的小船旁边，跳上岸，拼命把船往岸上拉，不让它被水流冲走，带到不该去的河岸上。穿西装的男人猴急地站起来，没等她收拾好就笨手笨脚地想往外跳。当然没成功。她猛一拉船头，那男人就往前跌倒了，因为他一双手正紧紧地抱着包，而头也就此撞上了座位板。她几乎哭了出来。

“该死，你就不能做对一件事吗？”她吼起来。这辈子难得冒出一句骂人的话，虽然明知道不该大呼小叫，但她实在忍不住了。她拽起他的上衣，使劲一甩，就像甩一只不会反抗的麻袋似的把他甩出船外。在站直身子的同时，她听见也看见了对岸的摩托车。我父亲迅速冲出工作坊，他也听到了车声，立刻知道不对劲了。他看见他们在河畔的小路尽头，约恩的母亲戴着帽子和手套，穿西装的陌生人趴在小船边的地上，而那辆摩托车就停在河岸边布满沙砾和鹅卵石的最后一道斜坡上。

“给我站起来！”约恩的母亲对着西装男人的耳朵尖声吼叫，扯他的上衣。而那个穿德国军服的男孩大喝道：

“停！”他冲下斜坡，警卫紧跟在后面。他是不是也用德语喊了一个“请”字？这话是弗朗兹说的，他很确定那个年轻的士兵确实这样喊了：“bitte（请你），bitte.”总而言之，他们在水边停住了，不想往下跳。水太冷也太深了，如果他们游到对岸，铁定会成为无助的靶子，然后随水漂流到更远的彼岸。一年里的这个时候，水流不算最强，但也够呛的。后面的斜坡顶上，摩托车像一只喘不过气来的动物，他们从肩膀上扯下轻机枪。我父亲放声大喊：

“快跑啊！”他自己带头，穿过还没有经人砍伐的树林，东歪西拐地利用那些宽阔的树干做掩护，朝河流的方向跑去。这时候，另一边的那两个士兵开始射击。最开始的几枪是示警，子弹划过从小船上下来动作奇慢的那两个人头顶，他们感觉到了子弹打到树干迸裂的力道。那种怪异的声音她永远不会忘记，约恩的母亲事后说。任何东西都没有那种特殊的声音令她害怕，感觉松树都在呻吟。这时，他们真的瞄准了，立刻射中了西装男人。在白色河岸的衬托下，他深色的上衣是最明显的目标。他放开了包，直挺挺地倒向雪地，口中喃喃地说出了几个字，声音小到约恩的母亲几乎听不见：

“噢，我就知道。”

接着他开始往下滑，从斜坡滑向小船，经过那棵突出的歪扭的松树，继续往下滑，直到其中一只鞋子碰到了河水。他们再度开枪，他不再出声。

我父亲在小径上停了下来，靠一棵云杉做掩护。他叫着："捡起包跑过来！"约恩的母亲用戴着蓝手套的手抓住包，弯着身子左闪右躲地向前奔跑。也许是因为从来没有杀过人，也或许因为在逃的是个女人，那两个士兵忽然不再认真开枪了。现在，他们开枪纯粹在吓唬人而已。约恩的母亲毫发无伤地跑上小径，跟我父亲一起直奔小木屋。两个人冲进屋子里，把我父亲藏的一些最重要的东西和文件挑拣出来。从窗口，他们看见两辆车子越过田野飞驰过来，士兵们纷纷从车里跳出来，奔下河去。我父亲把他们需要的东西都塞进西装男人的包里，再用一块布裹住。他们从后面的窗子爬出去，两个人的衣服外面都罩着我父亲的白色长衬衣。他们逃了，手牵着手，或多或少牵着手吧，一起去了瑞典。

太阳光不断地在移动，蓝色的厨房变得阴暗，我杯子里的咖啡凉了。

"为什么你要告诉我这些我父亲从来不提的事呢？"

"因为是他要我说的，"弗朗兹说，"在机缘到了的时候。现在，就是了。"

12

我和拉尔斯在忙着处理桦树的时候，天气渐渐转冷，太阳不见了，起了风。灰色的云朵漫天飘过，像一条羽绒毯，最后一抹蓝色也被推挤到东边的山麓上，终于消失不见了。我们稍作休息，直起僵硬的背脊，尽量表现出没有问题的样子。我的表现并不如意，我必须用一只手支撑着脊椎才能慢慢挺直。有那么一会儿的时间，我们两个都别开视线不看对方。拉尔斯卷起一支烟点上火，靠着外屋的门平静地抽着烟。我想起做完苦工之后抽一支烟的感觉多么美好，尤其是跟工作伙伴一起。这么多年来我头一次怀念这种感觉。我看着那一堆木头，那里还摊着一大截的树干。拉尔斯也在看。

“还好，”他带着笑意沉稳地说，“快到一半了。”

莱拉和扑克也累坏了，它们并排躺在台阶上大声喘气。链锯已经熄火，周遭安安静静。开始下雪了。现在才下午一点钟。我抬头望天。

“该死。”我大声地说。

他跟随我的目光望去。“成不了气候的，时间太早，地面还不够冷。”他说。

“有道理，”我说，“可还是让我很担心。说不出为什么。”

“你很怕积雪吗？”

“哎，”我觉得脸一红，“也是啦。”

“那你应该找人来帮你清理。我就是这么做的。阿斯克林，就是这条路上的一个农夫，他随时都能来，已经帮我清理好几年了。要不了多少时间，他只要用铲雪机在我们这条路上来回走一遍就行了。顶多花上十五分钟的时间。”

“对，”我说，清了清喉咙再继续，“就是他，昨天我在便利商店打电话给他，他说没问题，一次七十五克朗。你是付他这个数目吗？”

“是啊，”拉尔斯说，“没错。这样一来你就放心了。这个冬天一点问题都没有了。至于那上头，”他带着近乎恶意的口气说，身子往后一靠，仰望着天，“下就让它下吧。”他满不在乎地笑着。

“怎么样，咱们继续？”他说。

他的态度很有感染力，我真的很想继续了，但同时也十分错愕，这么一件简单又必要的工作，我居然需要依赖别人给我动力。又不像是我没有时间。我内在的某些东西在改变，“我”在改变，一个我所熟悉又盲目依从的人转变了。而这个人被喜爱他的人叫作“穿金裤子的小孩”，他只要把手伸进口袋，就有掏不尽的闪亮金币。如今，我从这样的一个人转变成一个我自己也不太熟悉更不知道从口袋里会掏出什么杂碎的人。我不知道这个变化已经暗中进行了多久。三年吧，或许。

“哎，当然，”我说，“咱们继续。”

忙完后我请他进屋里来，这个绝对是应该的。现在雪下得相当大，不过还不到盖住地面的程度。还差得远呢。我们漂亮地将几堆树枝靠在外墙上，挨着那些从枯死的云杉上锯下来的木料。院子打扫得很干净，除了大树根，我们决定明天一早用铁链和车子把它拖走。铁链在拉尔斯的车库里。不过今天算了，我们又累又饿又渴，想喝咖啡。想到今天刚开始的情形，我不知道这样辛苦地工作会有什么乐趣，不过我的身体觉得很舒畅。真的，是开心的累。抛开我的背不谈，其实跟平常的感觉差不多。我当然不能让拉尔斯一个人来打理我的院子。

我把咖啡放进过滤器，在壶里加了冷水，打开电源，再切了些面包放入面包篮里，又从冰箱里取出奶油、肉和芝士，放在盘子上，在黄色小杯子里倒满调咖啡的奶，最后将所有的东西都放在餐桌上，外加两个人的玻璃杯和餐刀。

拉尔斯坐在炉子旁边放柴火的木箱上。脚上只穿了双袜子的他看起来很年轻。任何人像这样坐着，脚丫子直接踩在地板上，都会显得很年轻。不像我，他的头发是干的，因为一直戴着帽子。他进到屋里之后没说话，只是若有所思地盯着地板。我也没说话，这样很好，现在的我很不擅于闲话家常。接着他开口了：

“我来点火吧？”

“好啊，”我说，“点吧。”屋里真的很冷，同时我也有点讶异于他在我家里的主导地位和对我表达意见的方式。我绝不会做这样的事，不过他既然先问过我了，那就这样吧。拉尔斯下了柴箱，掀起箱盖，取了三块木柴和一两张上周的《挪威日报》——我把它存在箱子里就是为了这个目的——他三两下就把火生好了，比我平常快得多，毕竟这件事他已经做了一辈子。工作台上的咖啡机在噼啪响，这个咖啡机用了这么久，还是很耐用。我等了几分钟，走过去把咖啡倒进保温瓶里，然后握着瓶子站在那里待了一会儿，想起每天早晨跟我一起喝咖啡喝了很多很多年的那个人，只是她躲着我，而我也看不见她的脸。我转而望向窗外，院子里干净多了，只是大树根周围有一小堆金黄色的木屑，雪花静静地飘下来，在地上停留了几秒钟便神秘地消失了。如果一整夜都像这样下着，到明天早晨铁定就会积雪了。

今天早晨我吃过早餐了吗？我不记得了。那似乎已经过了很久。从那以后发生了太多的事情，但现在我确实饿了。我从窗口转身面向拉尔斯，朝着餐桌张开手掌说：

“只管吃，都是你的。”

“多谢。”他说着合拢了柴箱盖。我们坐下，都带着些许腼腆地吃起来。

开始的几分钟我们都不说话。食物的味道惊人地好，引得我非得去检查一下面包桶，看看这次在店里买的面包是不是跟往常不同，但其实是一样的东西。我再坐下来继续吃。我要说，这真的是太享受了。我尽量放慢进食的速度，以便吃得久一些。拉尔斯也目不转睛地吃着。这很好，我不需要进行无谓的谈话，不料，他抬起头来说：

“当然，我应该接收那个农场的。”

“哪个农场？”我问。其实问来问去就只有那一个农场。只是我的想法一时还跟不上他的。我不知道，是否独自生活太久了之后就会变成这样；是否在奔驰的思绪列车上，我们自然会开始大声地交谈，而那谈与不谈的区别会慢慢地消弭；我们和自己的那些无止境的内心交战，会与我们尚能见到的那几个人的对话混在一起；而当一个人独居太久时，那一条分隔彼此的线是否就会变得模糊，即使当我跨过了界线也浑然不知这是否就是我未来的写照。

“老家的农场。当然是村子里的那个。”

挪威有千百万个村子，我们现在就在其中一个里，不过我当然明白他的意思。

“你大概会奇怪我为什么住在这儿，而不住在原来的村子里吧？”他说。

事实上我不会，至少和他想法不一样，但或许，我也曾这么想过吧。我真正觉得奇怪的是，在经过这么多年以后，我们居然在同一个地方终老。世间真有这样的事。

“是，可以这么说。”我说。

“那个农场本来是由我接管的，老家就只有我一个人。约恩出海，奥得死了，我在那个农场忙了一辈子，天天如此。现在的人时兴的休假，我从来没有。我父亲再也没回来过，他病了。没有人知道他到底出了什么问题。他断了一条腿，一边肩膀也坏了，被送进了印百答的医院。那是一九四八年的事儿了。你记得那一年吧，当时我只是个孩子。从此他再也没回来过。之后好多年过去了，约恩从海上回来。我根本不认得他了，好像他们早都不存在了，任何一个都是。我没想过他们。然后有一天约恩下了巴士走到门前说，他准备来接管农场了。那年他二十四岁。这是他的权利，他说。我母亲完全不发表意见，她既不干预，也不替我说话。可是我到现在都还记得她的表情，她那种不敢看我的样子。那个农场是我所有的工作和知识的积累。约恩厌倦了大海，看够了，他说。应该是吧。那些年他寄来过几张明信片，从塞得港之类的地方，还有亚丁、卡拉奇、马德拉斯，这些你听都没听过也不知道究竟在哪里的地方，只有在学校的地图集上才找得到。我很清楚地记得信封上有艘船叫作‘提尤卡’，船的名字就印在正面，我从来没看过像这样的名字。约恩看起来不太好，如果你要问的话。他很瘦，病恹恹的，我心里想，他是没办法经营农场了。他看起来很像嗑药的，就是现在你在奥斯陆街头常常看见的那些人，整个人神经质又暴躁。可是我毫无办法，这是他的权利。”

说到这里，拉尔斯沉默了。这的确是很长一篇演说。他又开始吃起来，他的速度赶不上我，不过也吃得很享受。我给他加了些咖啡，递上牛奶，他接过黄色的牛奶杯，在咖啡上倒了几滴。一直到吃完餐点，他始终保持沉默。盘子净空的时候，他问可不可以在屋子里抽烟。我说：

“可以，当然可以。”他用小袋的雷密斯烟草卷起一支烟，点着抽了一口后，坐在位子上注视着点燃的香烟。我问他：

“后来你怎么办的？”拉尔斯从香烟上抬起眼，又把它放回嘴里，深深地吸了一口，慢慢吐烟的时候他扮了一个很古怪的鬼脸，仿佛想把自己隐藏在这张傻乎乎的面具后面。这来得太突然，让我吃了一惊，坐在那里看傻了。我之前从没看过他这副样子。这真是一个滑稽的景象，就像马戏团里的小丑，有着让人笑了半天又哭上一秒钟的能耐，或者像处于可怕的进退两难境地的卓别林，还有一些默片时期的老演员，比如老是眯眼的那一个；而拉尔斯也有一张橡皮脸，可惜没有笑点，我实在笑不出来。他把嘴巴抿成一条细线，眼睛紧紧地挤在一块，再把整张脸向右扭转四十五度角低过耳朵，至少看起来就是这个样子，几乎不再是我熟悉的那张满是皱纹的脸了。这个姿势定格了好一会儿，他才把眼睛睁开，让脸上其余的部分回归原状，烟雾在唇间散开。我完全搞不懂刚才看到的这场表演是怎么回事。他重重地呼气吸气，用那双湿润的眼直勾勾地看着我说：

“我离开了。二十岁生日那天。从此再没回去过，连五分钟都没有。”

我的厨房变得很安静。拉尔斯很安静，我也很安静，然后我说：

“真想不到。”

“从二十岁那年起我再也没见过我母亲。”他说。

“她还健在吗？”我说。

“我不知道，”拉尔斯说，“我从来没去查过。”

我望着窗外。我不清楚自己是不是想要知道。我觉得疲惫排山倒海而来，遮蔽了我，压垮了我。我发问，只是因为我认为应该要问。因为对拉尔斯来说，讲出这些事显然很重要。当然这些事确实也吸引了我，但紧接着我不知道自己是不是真想知道。它们在我心里占据了太多空间，让我的注意力变得很难集中。我跟拉尔斯的相遇使我失去了平衡，也使我住在这里的计划变得不那么明确了，我必须承认，当心思不放在那上面之后，它就变得没那么重要了。我的情绪带着我忽上忽下，像乘电梯似的，在一两个小时的时间里从阁楼下到了地窖，现在我的日子跟当初想象的完全两样了。稍微一个差错就铸成了天大的灾难。倒不是说那棵桦树是小事一桩，我指的不是那个，也不是因为我没把它处理好。事实上有了拉尔斯的帮忙，一切都获得了改善，可是我真正要的是一个人的孤独。一个人解决自己的难题，一次一个，靠着清楚的思路和好上手的工具，像我父亲当年在小木屋时那样，一件接着一件地做。先评估，再用合适的工具依序进行，一个目标达成了，再换下一个，用自己的脑子、双手，享受自己的成果。同样地，我也希望享受自己的辛苦，迎接每天的挑战，也许很难对付，却都在清晰的限度内，无论是开始还是结束，我都能预见。近黄昏时会感觉疲倦，但还不至于累垮。第二天一早精神抖擞地醒来，煮咖啡，点炉子生火，看着粉红色的天光从森林延展到湖面，然后穿戴整齐地带着莱拉一起踏上小径，再次开始这一天预定好的工作。这才是我要的。我知道我可以做到，我具备它，这种孤独一人的能力，根本没什么好怕的。我看过那么多的事，也经历过不少，只是现在我不愿意一一描述。因为我一直很幸运，我一直是“穿金裤子的小孩”，不过最后能好好休息一下的感觉还是很好。

可是拉尔斯出现了，他大概是我不得不喜欢的一个人。对，拉尔斯出现了。他现在从桌边站起来，来回推着头上的帽子，把它调整到正确的位置。外面已是薄暮，阳光当然不再。他笨拙又正式地谢谢我的招待，好像我们刚才吃的是圣诞大餐，而他是住在十六公里外的远客。他可能认为在户外拿着斧头或锯子的感觉要比在我家里自在得多，我不介意，我可以理解。我如果去他家里做客，必定也是同样的感觉。

我走到玄关替拉尔斯开了门，跟随他走上门阶，扑克已经坐在那里等候。我向他道晚安，并且谢谢他的帮忙。他说，我们把那棵桦树处理得很好，明天再用铁链子来对付剩下的老树根。那狗在我们中间催促，坐下来狠狠地盯着它的主人，开始嗥叫。拉尔斯看都不看，转身直接从它身边走过，下完两层台阶穿过院子，往他的山坡小屋扬长而去。扑克站在那里，困惑地伸着舌头，抬眼看我，我靠着大门不动，也不出声叫它走，然后它突然垂下头，非常不甘愿地，几乎拖着脚步跟在拉尔斯后面走了。假如我是它，一定会加快速度改变自己的态度。

院子里有薄薄一层雪了，我没注意到是什么时候积起来的。温度已经下降，雪还在下，看不出有停止的迹象。我走进屋子带上门，关了外面的灯。拉尔斯忘了他的工作手套，它还留在那个鞋架上，我拿起手套，打开门正准备唤住他，想想又作罢，他可以明天再来拿，反正要戴上手套才能干活。

拉尔斯。他说在约恩出海的那些年里，并不想念这个哥哥，可是他记得哥哥走过的每个城市和港口、寄回家的信封上印的字和他上下的那些船的名字，还用手指在地图上跟着船只航行的路线走。瘦弱无神的约恩，站在“提尤卡”号靠近船头的甲板上，紧紧地抓着栏杆，眯着眼大胆地凝望着缓缓接近的海岸。他们从马赛回航，拉尔斯的手指循着船的足迹，走过西西里，走过意大利的靴子尖头，斜过希腊诸岛。就在克里特东南边，空气里出现了一种新的成分，不过才过了一天，就有了两种不同的氛围，约恩还不知道这个新的成分就是非洲。拉尔斯继续跟着他神游到地中海的腹地塞得港，他们先在这里装卸货物，之后再缓缓通过苏伊士运河，河的两边是绵亘的沙漠，无尽的沙粒在灿烂的阳光下闪着奇特的黄色光芒，然后纵跨过红海，在酷热中先到达吉布提，再转到亚丁港，它处在那狭窄却连接了两个世界的海峡的另一边。从头到尾他们都在追随法国诗人兰波的足迹，将近七十年前他航行到这里，为了做一个不同于以往的自己，要把所有的过去全部放下，像一个遁世者那样走向了湮灭和随后的死亡。我知道这些是因为从书里读到过。可是拉尔斯不知道，他只是坐在河边小屋的餐桌上，面前摆着一张世界地图。约恩也不知道，但在塞得港那低垂而透蓝的天空下，他平生第一次看到了一株非洲棕榈。他看到了这座城市里矮平的房子，看到了每条街上的集市和商店，就在“提尤卡”号停泊的码头上。这座城市除了这些商业街，再也没有别的了。为了招揽客人，他们用各种语言大呼小叫，希望你走下跳板，而你用力抓着栏杆，眼睛眯成了一条缝。他们催促你快下船啊，为你自己好就必须要买，这会给你带来意想不到的快乐，今天特别为你搞特价打折。叫喊声震天响，还有铙钹和大鼓的声音，以及那些几乎令他昏倒的气味，包括熟到快烂的蔬菜和一些他根本说不出名堂的肉类。有香料和药草，他还瞥见码头尽头有火在烧，他不知道他们在烧什么，味道刺鼻，他不想下船。他在做装卸货物的工作，用他年轻的本钱，认真卖力，没有下过跳板。不管是不是在值班，黑夜降临的时候他都会守在甲板上，看着各种灯光下那更安静和冷清的生活，一切似乎要比明亮的白昼更吸引人，却也因为那摇曳不定的阴影和狭窄的后街小巷而显得更邪恶。他才十五岁，在塞得港他没有离开过船，在亚丁和吉布提也没有。

我夜里醒来坐在床上望着窗外的黑暗。雪仍然在下，起了好大一阵风，把雪花都卷上了窗格子。通往河流的道路上，除了一整片的白毯之外，再没有任何其他形状的事物。我从床上爬起来，走进厨房，把炊具上方的小灯点亮。莱拉从炉子旁边躺着的位置抬起头，它的生物钟并没有出错，它知道我们现在不会出去，才凌晨两点。我走入浴室，其实这里只是玄关隔出来的一个小空间，我在地上摆了一个脸盆、一大罐清水和一个水桶，以防天气太坏的时候我不想去屋子后面。净手后我穿上毛衣和袜子，带着适量的威士忌和一本看得只剩下最后几页的《双城记》，坐在厨房的餐桌边。席尼·卡顿的生命到了尽头，他全身都在流血，透过血红的面纱，他看见断头台很有节奏地在开铡；一颗颗头颅落进篮子里，一篮装满了再换一篮，在位子上编织的女人们数着：十九、二十、二十一、二十二……他吻着队伍里站在他前面的那个女人，说了声“再会了，等我俩在另一个没有时间也没有悲哀的地方再相见吧”。很快就只剩下他一个人了，他对自己也对世界说：“这是我这辈子做得最最最好的一件事……”在那样的情况下，实在不好不同意他的想法。可怜的席尼·卡顿！真是好看极了，我必须要说。我笑眯眯地带着书走进客厅，把它放在书架上，和狄更斯的其他书籍摆在一起，再回厨房一口饮尽那杯小酒，关掉炊具上方的小灯，走进卧室躺了下来。脑袋还没碰到枕头，我就睡着了。

五点钟，我被拖拉机的轰隆声吵醒了，一台除雪机在路上吱吱嘎嘎地朝着我的屋子驶过来。我透过窗户看见车灯，立刻明白是怎么一回事，但我翻了个身又睡了，什么事都懒得花时间去想。

13

在跟弗朗兹谈过话的那个早晨之后，山谷变得不一样了。森林不一样了，还有田野也是，也许河流还是原来的河流，可是多少也改变了些。在我眼里，连我父亲也变了，尤其当我想起弗朗兹所说的那些关于他的事情，对照后来我看见他在约恩家前面的小码头上的行为时。我不知道他现在变得究竟是更生疏还是更亲近了，究竟是更容易了解还是更难懂了，总之他就是不一样了。我不能跟他谈起这些，他不是主动开门的那个人，所以我没有权利擅自走进去，甚至我不知道自己是不是真想进去。

现在我可以看出他的焦躁了，并不是他在态度上表现出了焦躁或不耐烦，他仍旧是我们乘着巴士到这里时的模样。确实，我内心对他的看法有了很大的不同，但并没有表现出来。现在，他真的等得很不耐烦了。他希望木材能够快点上路。不管我们白天做了些什么，上小店，或是划着小船溯流而上，沿路钓鱼，或是在院子里做木工，或是戴着手套清理乱糟糟的废料堆，拖运砍下来的树枝，以便在变天的时候用来生营火——他不想在未来那一刻来临的时候留下丝毫的杂乱——黄昏他必定要去河边看那两堆木材，至少两次，这边推一推，那边敲一敲，计算到河里的角度和距离，查看这些大树干下水的地点是否正确，然后把所有这些程序再从头来一遍。其实没有必要，如果你来问我的话，因为人人都看得出这些木头一定会顺利滑进河里，下水的过程里绝对不会有任何阻碍。他很可能也知道，可他就是放不下。有时候他在那里站了很久，只为了闻那些木头，甚至把鼻子凑在剥了树皮的原木上，深深地吸着，树脂仍然闪闪发亮。我不知道他这么做是因为跟我一样喜欢闻，还是因为他的鼻子可以从木头里读出一些我们凡人无法解读的讯息。如果是，这讯息是好是坏我就无从得知了，但这并不能消减他的焦躁难耐。接着连续下了两天大雨，第二天傍晚他去找弗朗兹说话，在那里待了很久。他回来的时候，我在上铺就着一盏小油灯看书。现在一到黄昏天色就很暗了。他走进房间靠着我的床铺说：“明天我们冒个险试一试，把木头下水送走。”

我从父亲的声音里立刻听出弗朗兹并不附和他的想法。我把书签夹进书里，倾过床沿，垂下手臂把书本往床边的椅子上一丢，说：

“太好了。我一直在期待呢。”这是真话。我期待那种用力的感觉，期待我的手臂承受压力，期待树干在力拼之后终于放弃抵抗的感觉。

“很好。”我父亲说，“弗朗兹会过来帮忙。你快睡，为明天养足力气。这必然不是儿戏，一共只有我们三个人，木头却有那么多。现在我得出去转一圈思考一下，一个钟头就回来。”

“没问题。”我说。

他又要去河边坐在石头上两眼发直了，我早习惯了这个。我毫不怀疑他的话，他经常去那块石头上。

“要不要把灯熄了？”他问。我说好。他弯下腰用手圈在灯罩上方，对着玻璃灯管往下吹，火焰灭了后沿着灯芯变成小小的一条红色带子，再之后就不见了，四周整个暗下来，但并不算完全黑暗。我看得见窗外灰扑扑的森林外缘，还有上面那灰沉沉的天空。我父亲说“晚安，传德，明天见”，我也说“晚安，明天见”，之后他就出去了，我转身面向墙壁。在睡着之前，我把额头贴在粗糙的原木墙壁上，闻着仍然留存的淡淡的森林香味。

那天晚上我起来过一次。我小心地从上铺爬下来，丝毫不敢左顾右看，以免错过了大门。我到木屋后面去上厕所。我光着腿站在那里，只穿了条短裤，风在上方的树林间呼啸，乌黑的云层好像装满了雨水，随时有倾泻的可能。我闭起眼仰面向天，感觉不出有任何东西落下来，只有习习凉风、原木树脂的香味和大地的香味。一只不知名的鸟儿在矮树丛里窸窸窣窣地跳来跳去，在离我脚边几步远的密叶间发出一连串细细的啾声。在深夜里，那是一种奇特又寂寞的声音，但是我不知道寂寞的究竟是鸟还是我自己。

我走回屋里，父亲果然如他说的睡在床上。我在半明半暗中看着他枕在枕头上的脑袋：黑色的头发，短短的胡子，闭着的眼睛，他的脸显示他似乎在梦境里的某个地方，而不是跟我一起在这间小屋里。这时候我根本亲近不了他。他的呼吸平和而满足，仿佛这世上他什么都不在乎了，或许他真的不在乎。我应该也是这样，可是我很不安，已不知道该怎么看待事情了。如果呼吸在他来说很简单很容易，在我就不是了。我张大嘴吸气，很用力地吸了三四次后胸腔才打开。在这个暗蒙蒙的房间里，我这样大喘气的模样一定很诡异。我爬回上铺，拢紧了羽绒被。我没有立即睡着，只是躺在那里盯着天花板，研究着上面隐约显现出来的图案，所有那些坑坑洼洼似乎都在前后移动着，好像许多有着隐形腿的小怪物。起先我全身僵硬，过了几分钟，说不定是好几个小时，才比较放松。到底是多久很难说，因为不管是时间的变化还是这个房间，我都毫无感觉，所有的东西都转动得很慢很慢，像一个巨轮的辐条，而我就困在那里面，脖子架在车毂上，脚绑在轮轴的外缘。我感到头昏脑涨，只能睁大眼睛克制呕吐。

第二次醒来已是早上，天光照亮了窗台，我睡得太久，反而觉得更累更倦，一点都不想起床。

通往客厅的房门开着，外面的门也开着，我撑着手肘就能看见阳光斜照在擦得洁亮无比的地板上。屋里有早餐的味道，我听见父亲和弗朗兹在院子里说话。两个人的话语间有一种平静、柔和、近乎懒散的腔调。如果前一天这两人有过意见不合，现在肯定没有了，彼此已经达成了共识，已经了解了这件运送木头的工作对我父亲有多重要，所以他们要冒险一试。双方都同意了，这正是他们的专长。虽然在我看来，让这些原木多等一两个月或者等到来年春天才是最恰当的做法。总之，他们现在站在阳光里，不慌不忙地筹划着，就我所见，该是这一天要完成的工作，正如我一无所知之前他们也许曾多次做过的那样。

我躺回枕头上，试着想是什么原因让自己觉得这么重、这么累，但实在想不出来。没有字句，没有影像，只有眼皮底下一抹淡淡的紫色和喉咙里干得发痛的感觉。我这才想起堆在河畔的原木现在随时都有“动身”的可能，我要参与其中，我要亲眼看着木堆崩塌下水，看着河岸净空。厨房飘出来的食物香味使我突然觉得肚子空空的，我对着门口叫喊：

“你们吃过早餐了吗？”

外面的两个人哈哈大笑起来，说话的是弗朗兹：

“还没，我们就在这儿闲晃等你呢。”

“两个可怜的老头，”我喊回去，“我马上就来，看有什么好吃的。”我发现我其实一点毛病也没有，身轻如燕。我迅速抖擞精神，照平常一样跳下床：两手抓着床边，靠屁股撑着一个起身，两腿向右一摆，屈膝旋转着从顶上跳到地板上。不料这次大腿骨没听使唤，连带着影响了小腿，右边的膝盖先着地，把我从床边摔了下来。膝盖痛得我几乎哭出来了。外面两个大男人想必听到了声响，我父亲大喊：

“你没事吧？”所幸他跟弗朗兹都待在外面。我闭紧了眼睛喊回去：

“没事，都很好啊。”其实一点都不好。我想办法坐到床边的椅子上，两只手抱着膝盖。碰上去感觉不出来哪里断裂了，可是真的痛得难以忍受，令我有些绝望、头晕，还有些困惑。穿裤子的时候好困难，因为我必须僵着一条右腿，如果可以的话，我真想就这么放弃了，再爬回床上去。总算把裤子穿上了，接着穿其余的衣物。我一拐一拐地走到客厅坐下来，一条腿直直地撑在桌子底下。我父亲和弗朗兹说完话走进来。

我们吃完了迟来的早餐，两个大男人马上收拾清洗碗盘。我父亲喜欢在忙完了回到家的时候一切整洁如新的感觉。他说，不能像一脚踩进了垃圾堆。我不明白为什么，他们让我坐着不动，通常洗碗盘是我的事，因为我姐姐在奥斯陆。不管怎样，不让我帮忙，我绝不反对。

他们背对着餐桌，随便聊着、晃着，咔嗒咔嗒地收着杯子。弗朗兹高唱了一首从他父亲那里学来的歌，内容是关于一只挂在树梢上的狼獾的事。原来我父亲也知道这首歌，他也是从他父亲那里学来的，两个人来了个齐声大合唱，挥着抹布和洗碗刷打拍子。我好像看见那只狼獾无助地在云杉顶上荡着。这时，我的头重得连抬起来都很难，逮住机会，我把脑袋枕在跟前桌边的两只手上，那样子看起来就像在偷闲打盹。就在这时候，我父亲说话了：

“我们真的不可以在这里瞎混了，可以走了吧，传德？”我听得很清楚，满嘴都是口水地回答：

“对，走吧。”我抬起头擦擦嘴，忽然间没有什么不舒服的感觉了。

我走在他们后面，穿过院子走到柴房，尽量不瘸着走。我在一堆工具里挑了一支长柄杆钩，又拿了一卷绳索挂在肩膀上；我父亲选的也是杆钩，还有两把斧头和一把鞘刀；弗朗兹拿的是铁橇和磨得很利的锯子，这些都收在柴房里，此外还有：铁锤、铁钳、两把长柄大镰刀、两个铁刨、各种尺寸的凿子、各式各样的锉刀，都一排排地挂在墙壁的钉子上，还有一些角钢和很多我不知道用途的工具。柴房就是我父亲设备齐全的工作坊，他爱极了这些工具，不时地把它们磨利、擦亮，给它们上油，让它们味道好闻又经久耐用。每一件每一样都有它固定的位置，或挂或立，随时都能上手。

我父亲关上柴门，把门闩上好，我们三人排成一条直线，将工具夹在手臂底下或挂在肩膀上，沿着小径走向河流和那两个大原木堆。我父亲带头，我殿后。河面上阳光灿烂耀眼，连续下了几天大雨之后水位也升高了，要不是我一条腿跛得厉害，这真是一幅在夏天里共同打拼的完美画面。因为在我的内心，离灵魂不远的地方，我看到了一些坏了累了的东西，它们使我的脚踝和大腿骨虚弱得载不动平常觉得轻而易举的东西。

到了河岸，我们先把工具放在石头上，我父亲和弗朗兹走到第一个原木堆旁，肩并肩地背对着耀眼的河流停下来。两个人昂着头，手放在屁股上，仔细研究着靠那两根竖着的粗木桩支着的一堆原木。木桩是由安插在地下的几根木头斜撑着的，当初的构想是斜撑的木头一移走，木桩笔直倒下，木堆一股脑儿地往下滑，只要距离和坡度算得准确，所有的木头都会越过木桩，像横木似的一路向前翻滚进水里。按照我父亲和弗朗兹的推算，一切都准确无误。接着他们会跪下来把卡在斜木尽头的沙石挖掉，方便他们拖拉的时候更顺手。做完了这件事，他们拿起绳索，各自把绳索牢牢地缠在一根木桩上，然后抓住绳子的末端，人往后退，一直退到原木堆的范围之外，以免妨碍木头滚动。其实可行的方法有很多种，这个版本是弗朗兹的专利，他从来没有仅仅通过那么一滑，就把所有的木头都弄进水里。他说，这次也不见得会成功，因为要想成功，坡度必须得够。这么巨大的重量，除了需要木桩和极强的支架，也需要大量的运气，这一切的一切都需要冒很大的险。当然啦，如果你想要过安逸的生活，隔三岔五就该冒个大险。弗朗兹这么说。

现在他们各自扯紧绳索，脚跟稳稳地扎在地上，开始一起大声报数："五、四、三、二、一，拉！"两个人铆足力气拉着，额头上青筋暴起，脸色发黑，绳索噼啪作响。什么也没发生，木桩原地不动。弗朗兹再一次报完数，大吼一声：拉！他们再次一起拉，连闷哼和呻吟都很有节奏，但什么动静也没有，除了这两个人的面孔，他们咬牙切齿，眼睛眯成一条缝。不管他们的脸挤成什么怪相，都毫无用处，就算用尽了吃奶的力气也没辙，木桩依旧挺立着。

"妈的！"我父亲说。

"混账东西！"弗朗兹说。

"我们得用斧头砍。"我父亲说。

"太冒险了，"弗朗兹说，"搞不好会整个压下来。"

"我知道。"我父亲说。

他们去工具堆里抽出斧头，再走回到原木堆前，胳臂和身体并用，近乎赌气似的狠砍着那几根斜撑着的支架。他们因为第一次的出师不利而生气，这样一来计划整个泡汤了。弗朗兹又在那里“混账东西”地嚷嚷着，骂完了之后，他说：

“抓紧时间砍吧。”

“说的是。”父亲说。他们改变了节奏，劈砍同步进行，斧头每次起落的声响都像是尖厉的爆破声。我看得出来他们是真的喜欢这个工作，弗朗兹忽然笑了，笑得好快乐。父亲也笑了。我真希望我也像父亲一样，能有个像弗朗兹这样的朋友，和他一起挥斧头，一起订计划，一起出力一起笑，在这样的一条河边一起砍木头。这河永远不变，却又不断地在变，就像现在。可是那唯一可能是我好朋友的人已经消失不见，没人再提起过他。当然，我还有我的父亲，但这不一样。他是个大人，有着一个我不知道的秘密，甚至还不止一个，我不确定是否还能够那么信任他。

现在他下斧头的速度加快了，弗朗兹也跟着快起来，于是我父亲也开始大笑，格外用力地挥舞起斧头。这时，我听见斧头劈下去的地方“吱”的一声，父亲大吼：

“逃命啊！”他脚跟一转，整个人往旁边抛射出去。弗朗兹一面大笑一面跟着做。几乎就在同时，那几根支架应声而断，彼此交相重叠起来，而那些木桩依照原定的计划向前倾倒，漂亮极了。紧接着，原木堆开始下滑，那声音像一百座又重又沉的大钟在鸣唱，穿越水面，响彻森林，至少有一半的原木崩塌下来翻入河中。水花飞溅，一阵木头和河水的惊人混战，我好高兴能在现场目睹这一切。

不过，还是有很多原木留在原地，非得全部送走才行。我们三个人拿起杆钩动手干活。我们拖拽推拉，有时候那些木头卡得太紧太密，还得用铁橇把它们撬开；有时候它们纠结在一起，就得用绳索把它们一根一根地拉散。我们每次两个人，用杆钩把木头推滚进河里，然后“扑通”一声，那些原木立刻安稳从容地浮上来，随着水流漂过山谷，向着瑞典而去。

不久我就觉得累了。我所期待的那种特殊感觉，能鼓舞我、振奋我，赋予我力量，能让我在变化中来去自如的感觉，并没有像我期待的那样充满手臂、双腿或其他任何一处肌肉。我反而感到沉重又无力，为了不让他们看出来，我必须很小心、很专心地做完一件事情之后再做第二件。我的膝盖痛得不得了，当父亲喊着休息一下的时候，我松了一大口气。绝大部分的原木已经下水，只剩下几根小树干，可是还有另外一堆等着送走。我慢慢地走向那棵树干上有个木十字架的松树，那是弗朗兹在一九四四年某个冬天的夜晚安上去的，因为有个来自奥斯陆、穿着单薄西装裤的男人在这里被杀，死在了德国人的枪弹下。我躺在十字架下面的石楠草丛里，头枕着大树根，立刻睡着了。

我醒来时，约恩的母亲跪在我身边，阳光在她的脑后，她一只手放在我的头发上。她穿着蓝底黄花的棉布连衣裙，表情有些严肃，她问我饿不饿。那一秒钟的时间里，我就是那个穿着单薄西装裤的男人，他没死，他苏醒了，注视着仍站在他身旁的她，但下一秒他就溜走了，消失无踪。我眨着眼，发觉自己脸红了，立即意识到那是因为我刚刚梦到了她。我不记得梦见了什么，但是在梦里有一种强烈又陌生的暖意，现在她这样定睛看着我，倒让我不好供认了。我点点头，努力挤出一个笑容，用胳臂撑起自己。

“我马上就来。”我说。她接着说：

“好，那就来吧，吃的东西都准备好了。”她笑得太突然，让我不得不移开视线，越过她背后上涨的河水，望向另一边的河岸。突然，巴卡的两匹马站在围篱边的高地上看着我们，它们竖着耳朵，蹬着马蹄，像特地来这里警告灾难将临的两匹鬼马。

她从蹲到站一气呵成，仿佛这是世界上再容易不过的一件事，然后朝着我父亲和弗朗兹生着营火的空地走去，那里本来堆的是第一堆原木。空气里有烤肉和咖啡的香味，有烟味，有木头和石楠的气味，有被太阳晒热了的石头味，还有一些专属于这条河岸、我在其他地方都没闻到过的香气，我不知道那是怎么来的，也许是那里一切的混合吧，是一种共同之处，一个总和，如果我离开了不再回来，就永远不可能再感受到它。

离营火不远的地方，拉尔斯坐在水边的一块石头上。他手里有一束参差不齐的小树枝，他把它们掰成相同的长度，堆放在河边石头旁的斜草坡上，在树枝堆的前方插了两根很尖锐的枝丫做木桩，顶着所有的树枝。那看起来就像是真实场景的迷你版，就像一堆真正的木头。我走过去蹲下来。经过休息之后，我的腿好多了，说不定不会跛了。我说：

“这堆东西做得好棒。”

“只是几根小树枝。”他说，声音低低的，很严肃，他没有转身。

“嗯，”我说，“也许是吧。可是还是很棒，跟真的一样，不过是迷你版的。”

“我不懂‘迷你版’的意思。”拉尔斯轻轻地说。

我用心思索。其实我也不太懂，可我还是说：“就是一样非常小的东西看起来就跟原来很大的东西完全相同，只是小了许多，就是这样。你懂了吗？”

“啧，这只是几根小树枝。”

“好啦，”我说，“就是几根小树枝。你不吃午餐吗？”

他摇头。“不吃，”他的声音小到几乎听不见，“我不吃什么午餐。”他像我一样也说了“吃午餐”，而不只是“吃东西”。

“哦，好吧，”我说，“没关系。随你啰！”我小心翼翼地站起来，把身体的重量放在左腿上。

“不过，我倒是饿了。”我说着便转过身。才走了一两步，我听见他说："我射死了我弟弟，没错。"

我转身，倒回了两步路，感觉嘴好干。我近乎喃喃地说：

"我知道。可是那不是你的错，你不知道枪里面还有子弹。"

"嗯，"他说，"我不知道。"

"那是个意外。"

"嗯，那是个意外。"

"你确定不要吃点东西吗？"

"嗯，"他说，"我留在这儿。"

"好吧，"我说，"等你饿了再过来吧。"我望着他的头发和底下一小部分的脸孔，当时他只有十岁。天哪，那脸上毫无表情。他不再说话了。

我走向营火，父亲背对着河流，挨着约恩母亲轻松地坐在还留在那里的一根原木上。虽然他们不像那天清晨在小码头上那样靠得很紧，但仍旧相当近，两个人的背部似乎都显得很自在，近乎得意，我忽然觉得非常生气。弗朗兹自己一个人坐在他们对面的一截树墩上，手里拿着锡盘，透过火光和透明的烟气，我看见了他长着胡须的脸庞，他们已经在吃了。

"来，传德，过来坐下。"弗朗兹说着拍拍身旁的一个树墩，似乎有些尴尬，"你一定要吃点东西，还有很多事要做呢。要活命，就得吃。"

我没有坐到那截树墩上，而是做了一件我认为在当时不可思议的事，但我还是那么做了——我从背后一把拨开父亲和约恩的母亲，硬是挤到他们俩中间坐下来。其实那里没多大空间，但我很用力地推开他们两个人，特别是她。我激烈的挑衅碰上了她的柔软，使我有一种忧伤的感觉，可是我照做不误，最后她让开了，而我父亲却僵硬得像一块木板。我说：

“坐这里太舒服了。”

“你这么觉得吗？”父亲说。

“当然，”我说，“有这么好的同伴。”我直直地看着弗朗兹的眼睛，就此不动，但他的眼光却开始闪躲，几乎还没怎么动口，就把食物放到了餐盘上，扮了一个怪脸。我拿起盘子和叉子，倾过身子，动手从那个稳当地搁在火堆边石头上的煎锅里取食。

“看起来真好吃啊。”我哈哈大笑着说。我听见自己的声音很尖，音量也比我预计的大了很多。

14

我挣扎着从梦境走向光明，我真的看见光在我的上方。就像在水面下，上面隐约闪动着蓝色波光，那么近，却又够不到，因为在那淡紫色的水平面底下，什么东西都移动得很慢。我曾去过这样的地方，现在不知道自己是否能及时醒来。我尽量伸长手臂，疲惫乏力，有些头晕。忽然，我感觉到手掌心有冷冷的风，接着用两条腿加速向上，脸终于冲破了顶上的一层薄纱，我张开嘴呼吸空气。我睁开了眼，那根本不是光，而是像水底深处一般的黑。失望的感觉尝起来像满嘴灰烬，这不是我想去的地方。我深呼吸，把嘴闭紧，正准备潜回去的时候，却发现我原来是在床上的羽绒被底下，在厨房旁边的这个房间里。是清晨，但仍旧漆黑一片，我不需要再憋气了。我松了口气，把脸埋进枕头轻松地笑起来。然而，就在我还来不及明白是怎么一回事的时候，我哭了。这可怪稀奇的，我已经记不起上一次哭是什么时候了，我真的哭了一会儿，然后忽然想到：如果有一天早晨我到不了那层水面上，是不是就意味着我快死了？

但这不是我哭泣的原因。我大可以跑到外面躺在雪地里，让自己冷到全身发麻，冷到尽量接近死亡的程度，看看到底是怎样的感觉。我很容易就可以做好准备。可是我害怕的不是死亡。我转向床头的小桌儿，看着闹钟发亮的钟面。六点。时间到了，我该行动了。我掀开羽绒被，一骨碌坐起来。这次背感觉不错，我坐在床沿上，脚踩着我放在地板上的一条小地毯，省得在这么寒冷的季节里脚底冰凉，那种感觉太可怕了。我应该铺上一层新的隔热地板。也许春天会吧，只要我不是身无分文。当然我绝不会身无分文。我什么时候才能停止这方面的担心？我拧亮床头灯，摸索到挂在椅子上的长裤，把手搭上去提起来。就在这时候，我停住了。我不知道为什么。我还没准备好，好像是。还有些要做的事。门阶上的地板要换，不能等到有人摔断了腿，这件事今天就要做。我已经买了浸渍板和三英寸长的钉子，长度应该够了，四英寸会太长，我想。再来就是把锯开的云杉块劈成柴薪的大小，这也是还没做的事，毫无疑问不能再拖了，冬天已经迫在眉睫。至少，看起来是这样。过一会儿拉尔斯就要来了，我们要一起用铁链和车子拉那截大树根。做这件事一定很好玩，我猜想着。我看向窗外，雪停了，能模糊地看到路边积雪的轮廓。或许今天在户外工作不再那么容易。

我放下长裤再次躺下。梦里有些东西令我心神不宁。我知道只要我愿意，应该都能解开，过去我也常那么做，只是不知道自己到底想不想这么做。那是一个很情色的梦，我经常做，我承认，毕竟这并不是青少年的专利。约恩的母亲在梦里，她还是一九四八年的那个样子，而我是现在的我，六十七岁，过了五十多年之后的我。好像我父亲也在，也许在背景里、在阴影里，感觉是这样。而如果我连稍微去触碰这个梦都会引起这样的紧张，那就必须放开它，让它跟其他那些我不敢触碰的梦沉埋在一起。我生命中能够对这些梦境加以利用的那一部分，早已远去。我不想再改变什么。我要待在这里，如果应付得来的话。这才是我的规划。

所以我起床了。六点十五分。莱拉离开了它炉子边的宝座，走到厨房门口等着。它转过头看着我，眼神中有着我不太敢当的信赖。不过也许重点不在于此，不在于敢不敢当，或许它就是存在。这份信赖，不在乎你是谁，你做了什么，不是要去权衡的。不错的想法。乖狗，莱拉，我想着，乖狗。我打开门，放它走到玄关，登上门阶。我从里面打亮屋外的灯，跟着它走出去，站在那里看。莱拉直接跳进了好大一堆映着灯光的积雪里。阿斯克林避开我的车只几厘米远，然后在院子里兜了一个大圈子铲雪，这可是真本事。他用犁头来来回回地推着那个屹立不动的大树根，最后终于把它推到了院子一边，也就是现在的位置，方便之后搬移。他甚至沿着屋墙边清出了一条窄道，每次我不想过度使用那间户外厕所的时候，都在那里方便。说不定他会建议我以后把车子停在那里，这样就不会碍着拖拉机的路，或者会不会他自己也有一间户外厕所？

我把莱拉留在院子里对着这个白色的新世界到处乱闻，自己关上门进屋，在炉子里生了个火。今天很顺利，黑铁板后面很快就出现了清脆的爆裂声。我没有立刻打开天花板的大灯，任房间处在黎明的朦胧当中，炉子里黄色的火光映在地上和墙上，格外明亮。这幅景象舒缓了我的呼吸，使我整个人平静下来，就像千万年以来人类不变的心情：让狼嚎吧，这里有火，别害怕！

我把早餐摆上桌，仍旧不开灯，然后让莱拉进屋里先在炉子边躺一会儿，过后再一起出去。我坐下来望着窗外。我已经关了门外的灯，所有的东西只有表面的一点亮度，但时间太早，还看不见天光，只看到湖那边树林上方一层淡到不能再淡的粉红色；那些模糊的线条就像用蜡笔做的记号，然而一切还是要比先前清晰许多，因为雪的关系；天地间有一道清晰的分界线，这算是今年秋天的一件新鲜事。我慢慢地吃着早餐，不再想那个梦。吃完了，我收拾干净餐桌，走到玄关，穿上长筒靴、暖和的厚呢短大衣，戴上有耳罩的帽子、连指手套和围了起码二十年的羊毛围巾。这是我离婚后成为单身汉时一个人为我织的，现在我已记不得她的名字，但是我一直记得她的手，从我们相识的那天起，那双手永远在动。除此之外，她整个人既安静又拘谨，在静默中只听得见她的毛线针不断发出咔嗒咔嗒的声音，对我来说这实在太压抑了。我们的关系就这样一点一点地变淡。

莱拉在门口摇尾巴，一副准备出发的样子。我从架子上取了手电筒，把一端旋开，换了两节同样放在架子上的新电池。我们出发了。我带头，它在后面等着听指令。我是主人，这一点我们两个都很清楚。它很乐意等，因为它很清楚这个流程。只要我一说出“过来”，它立刻露出一张只有狗才有的笑脸，连跳带蹦地一个箭步飞下台阶，几乎直接扑进我的怀里，然后乖乖地站着。它的内心依旧是一只小小狗。

我打亮手电筒，我们走下斜坡。阿斯克林已经贴着道路两边利落地将积雪清理成一道优美的弧形，直通到河上的桥和另一侧的拉尔斯的木屋，肯定也越过云杉树林，通到了公路上。我们停下来，我拿手电筒指着我们平常沿溪流走向湖边的小径。这里的积雪量很大，我不知道自己是否走得过去。只有一个选择，就是往前直走。我们以前从来没有走过那条路，那是通上干线的最后一段，之后就要上公路了，也就是说我必须给莱拉套上狗链，因为车子太多，这对我们两个都很不方便。要那样，我还不如就待在城市里，在沉闷无趣的街道上吃力地来来回回。同样的街道我走了三年，想着这样的日子总有结束的一天。一定得做些什么，否则我就完蛋了。于是我问自己：为什么我不该感到厌倦？我这样舍不得花力气，究竟为了什么？我跨过雪堤和新的积雪，亮着手电筒大步向前行。小径上有些地方的雪被吹走了，感觉很舒服，可是很难走；有些地方的雪积得好高，长筒靴真是穿对了。我走得很好，一条腿站稳了再出第二条腿，先是右腿，让它陷下去，再出左腿，让它陷下去，然后用同样的动作再来一遍。就这样，我举步维艰地走过了最难走的地方。天空很明朗，还可以看见几颗星星，在黑夜将尽的时刻显得十分黯淡，好在现在不再下雪了。等天大亮的时候会出太阳，阳光应该不会太强太热，不会像那一天。我忽然想起了从前，一九四五年五月底的一天，我和姐姐站在二楼的窗口，远眺奥斯陆峡湾内侧、尼索德兰迪港和白尼峡湾。那是夏天，水面波光粼粼，船只发了疯似的从此岸横冲直撞到彼岸。为了荣耀和重获自由的挪威，所有的船都挂满了帆，一路起劲地抢风航行，怎么也不嫌累。在船上的那些人，他们高歌欢唱，一点都不觉得难为情，这在他们看来理所当然。可是我已经累了，等得累了。这些人我已经见过太多次，在城里的卡尔约翰大街，在树林里的欧斯马克塞拉，在英吉尔斯特兰的老屋，在我们乘着借来的船去过的伐格斯特兰，还有许多别的地方，他们都是又叫又吼，从来没想过派对已经结束了。因此我们那天没有看峡湾，那个方向没有值得我们等待的东西。我们两个，我和我姐姐，看的是马路，等着战后从瑞典回家的父亲，等着他慢慢从莱安车站出来，走上尼森巴肯的陡坡，回家。已经耽搁很久了。他小心翼翼地，穿了一套旧旧的灰西装，背上背着一只灰袋子，有一样东西挺立出来，很像是钓鱼竿。他走路不是用拖的，也没有一拐一拐的，我们看得出他没有受伤。他仍然走得很慢，仿佛走在无声静默里，走在真空里。我们为什么要站在窗口，而不是赶在火车到站前去车站，或是在路上迎接他，今天我也记不得原因了。或许是因为我们害羞。起码我是这样，我一直很害羞。母亲站在一楼敞开的门口咬着嘴唇，手里绞着湿透的手帕，已经控制不住她的两只脚，跳上跳下，就好像非上厕所不可的样子。她再也忍不住了，跨过门槛跑上马路，在那些花园里都有人在看的情况下投入了我父亲的怀抱。她当然应该这样，也一定会这样。当时她还很年轻，健步如飞，但是我记得的她却是后来的样子：苦大仇深、糊涂、身体超重。

我父亲必定料到会有这样的欢迎仪式。我绝对相信。我们有八个月没有见到他了，一直杳无音信，直到两天前，我们知道他要回来了。姐姐哭得稀里哗啦地跑下楼，跑上马路，重复了母亲的每一个动作，让人很是尴尬。我慢慢地跟了上去。我是不会让自己这么容易激动的，我不是这样的人。我停在信箱旁边，靠着它，看着她们两个站在马路中间依偎着我父亲。我越过她们的肩膀看着他的脸，先是困惑和无奈，然后一双眼睛搜寻着我，我也搜寻着他。我轻轻点个头，他也点头，微微地一笑，一个只给我一个人的笑，一个秘密的笑。我知道从那一刻起，就只有我们两个人了，我们有了约定。不管他离开多久，在那一天他似乎比战争开始之前离我还要近。当时我十二岁，就在那一瞬间，我的生命从这里转到了那边，从她转向了他，开始了新的旅程。

但也许是我太渴望了。

我喘着粗气走到湖畔盖满了雪的长椅边。“天鹅湖”，我就像小孩一样，帮它起了个名字。天鹅湖在手电筒的光线下看起来黑幽幽一片。湖水没有完全结冰，还没那么冷。在这种时候，也看不到天鹅。它们可能躲入干地上浓密的草丛里去过夜了，长长的脖子像打了白色蝴蝶结的羽绒环，脑袋钻在翅膀底下。我可以想象出这个画面，要等到天亮它们才会到岸边觅食，趁着湖水还“敞开着大门”。冰封以后它们又该如何，这是我还没有想到的事。它们为什么不飞到南边那些不结冰的湖里去？会一直待到春天吗？是不是天鹅在冬季也待在挪威？我一定要弄明白。

我用手臂画着大大的圈，好扫掉长椅上的厚雪，然后拿手套刷掉残余的雪花，把外套尽量拉到屁股底下坐下来。莱拉在雪地上呼啊咻啊地蹦蹦跳跳，快乐得不得了，甚至倒在地上不断地翻来滚去，四脚朝着天，背部在雪里又扭又蹭，开心地让它的毛皮吸收着某些曾经在这里出没过的气味。搞不好是一只狐狸。如果是真的，回家得好好给它洗个澡。这种情形已经不是第一次出现了，只要一进厨房我就知道那是股什么味道。但现在天空仍旧黑暗，我可以坐在这天鹅湖畔思考一下我的抉择。

15

我慢慢走上小山坡朝家里走去。黎明的天色混着红和黄，气温上升了。我脸上有感觉。毫无疑问，大部分雪很快会融化掉，说不定到黄昏就没了。无论我之前说了些什么，现在的感觉是扫兴。

院子里有一辆车停在我的车旁边。我从斜坡底下就可以清楚地看见。是一辆白色的三菱旅行车，很像我原来考虑要买的车型，带着几分粗野，跟我买了准备住下去的地方也很搭。那是当时我做了决定之后的看法。有一点点粗野，我喜欢那种调调，而在一间稍微一个动作就能让你万分紧张的玻璃屋里待了三年之后，我感觉自己变得很粗野了。这次搬迁之后，我迷上的第一件衬衫是红黑格子、厚法兰绒的，我从五十年代起就没穿过这种衬衫了。

有个人站在白色三菱前面。从外表看，是一位女士，穿了黑大衣，没戴帽子。头发是金色的鬈鬈的，不知道是自然鬈，还是专业烫的。她让引擎继续开着，我看见在院后黑漆漆的树林衬托下白色的尾气无声无息地往上升。她站着，很放松，一只手放在额头或头发上等待着，正朝我这边的路张望。这个人的样子我好像曾经见过。莱拉也看见了她，立刻像阵风似的奔向她。我没有听见有车子开过来，从小径转上大路的时候也没注意到雪地上有任何轮胎的痕迹，最主要的是我没想到会有车开上来，尤其在这个时间。顶多不过八点。我看了一下手表，八点半。喔。

站在那里的是我女儿，两个孩子中的老大。她的名字叫艾琳。她点了支烟，照她习惯的拿烟方式，手指离开身子向外撑，好像准备要把它递给什么人，或者装作那支不是她的烟。光是这一点，就让我认出了是她。我大概算了下，她应该有三十九岁。依然是个很有魅力的女人。我并不认为她长得像我，她母亲确实很好看。我起码有六个月没看到艾琳了，我搬家之后没跟她说过话，或者更早，也说不定。坦白说，我不怎么想她，还有她妹妹。要顾的事情太多。我走到斜坡顶上，莱拉站在艾琳跟前，摇着尾巴，任她拍着自己的头，彼此并不认识，不过她喜欢狗，狗立刻就会很信任她。从她很小的时候就如此。这使我想起最后一次去看她的时候她养了只狗。一只棕色的狗。我只记得这些。挺久以前的事了。我停下来摆出最自然的笑容，她直起身子看着我。

“是你啊。”我说。

“是啊。有没有吓一跳？”

“当然啰。”我说，“你还真早。”

她的笑容才露出一半就退去了，抽了口烟，再慢慢地呼出来。这次拿烟的手臂几乎整个撑直了。她的脸上不再有笑容，这真让我不安。她说：

“早？也许吧。反正睡不好，我想不如就早起出发。差不多七点，屋子里该走的人刚好都走了。我给自己放了一天假，好久以前就想这么做了。开车到这里不超过一个钟头，我还以为要更久呢。事实上，感觉很好，因为没那么远。我也刚到，大约十五分钟前。”

“我没听见车声。”我说，“我在林子里，底下靠湖那边。下了很多雪。”我转身指着那边，还没等我回转过来，她就把香烟掐灭了丢在院子里，走上前伸手环着我的脖子搂住我。她香香的，跟以前一样高。这没什么奇怪的，人到了三四十岁多半不会再长高了。不过确实有一段时间，我一年里有大半时间都在外旅行，在挪威每一个可能的地方来来去去、来来去去，每次回来两个姑娘都会长高些，或者是我的感觉吧。姐妹俩安安静静地并排坐在沙发上，我知道她们在盯着那扇门看，过不了多久我就会进来。我记得当我终于进来，看见她们坐在那里，一副又害羞又充满期待的样子时，总会很困惑，有时还很不自在。现在我也有一点不自在，因为她很用力地搂着我说：“嗨，老爸，看到你真好。”

“嗨，女儿，我也是。”我说。她不放手，仍旧保持原来的姿势，轻柔地在我脖子上说：

“我跑了八十多里路，问遍了所有的镇公所，才查出你住的地方。我忙了好几个礼拜。你居然连电话都没有。”

“对，好像是没有。”

“不是好像，是肯定没有。讨厌啊你！”她说着往我背上捶了好几下，略略地还有点重。我说：

“别激动。我是个老头子啦，不要忘了。”她也许在哭，我不太确定。总之她把我搂得好紧，连呼吸都很困难。我没有推开她，只是继续憋气。我也环抱着她，或许还带着一点犹豫，等着她自动松开手。过了一会儿，我放开手退后一步，喘了口气。

“不妨去把引擎熄了吧。”我说，有点喘地朝停在那里哼啊哼的三菱点个头。太阳的第一束光芒洒在新喷的白漆上，晃得我眼花。眼睛刺刺的，我闭了一会儿眼。

“啊，对，”她说，“这回可以了。你真的就住在这儿！我没认出来是你的车，还怕又找错了地方。”

我听见她在雪地上走到车边，我往旁边移了几步，睁开眼，她打开车门钻进去，拔了钥匙关了车灯。整个世界安静了。她真的在哭，我看见了。

“进来喝杯咖啡。”我说，“我必须得坐下来，腿经过雪地那番折腾完全不行了。我说过，我是个老头子啦。你吃早餐了吗？”

“还没，”她说，“来不及。”

“那就来吃吧。来。”

莱拉一听见“来”这个字，大乐起来，两三步就站到了门前。

“它好可爱，”我女儿说，“什么时候养的？它不是小狗了吧？”

“六个多月前。我去奥斯陆郊外的动物收容所领养的，那里专为动物寻找新家。不记得叫什么名字了。我毫不犹豫地选中了它，因为它就那样走到我面前坐下来摇尾巴，简直是毛遂自荐。”我打哈哈地说，“他们也不知道它几岁，什么品种。”

“那地方叫作A.R.A.，动物收容协会。我去过一次。看起来它好像各种品种都沾了一点。在英国把它叫作‘大不列颠总会’，这个称呼很传神地挑明了它们是各种类型的综合体。不过它真的很可爱，叫什么名字？”

艾琳在英国读过两三年书，学了不少。那时候她已经长大了。在那之前有好几年，她都很懵懂。

“它叫莱拉。不是我起的。它戴的项圈上这样写着。总之我很高兴选择了它。”我说，“我真的一秒钟都没后悔过。我们相处得非常好，它使我独居的生活容易多了。”

最后这些话似乎有一些自怜，对于我在这里的生活有些许不忠。我没有必要辩护或向任何人解释，即便是自己的女儿。我得说，我非常爱她。而她起了个大早，开着她的三菱，一路黑漆漆的，从奥斯陆的市郊，应该说从马利达兰，一连通过好几个镇才找到我住的地方。因为我大概不曾告诉过她我的住址，甚至没想过要告诉她，而我本该说一声的。我才回过味来，冒出这句话好像有些奇怪，她又一次眼眶湿润，令我有些许的不快。

我打开门，莱拉待在门阶上，等我和艾琳先走进玄关。我用一个训练有素的小手势叫它进来。我接过女儿的大衣挂在万用钩上，随着她进了厨房。里面仍然很暖和。我掀开炉门看了看，果然如我预期那样，炉室里还有余火。

“这样省事多了。”我说着打开柴箱，先在余火上撒了些燃料和纸条，再在周围排上三根不大不小的木柴。我打开盛灰盘的盖子让它通通风，立刻冒出了悦耳的爆裂声。

“这里很舒服。”她说。

我关起炉门看看四周。我不知道她说得对不对。在我的整顿计划大肆展开的时候，我的确抱持这样的希望。不过它算是很干净、整洁。她也许就是这个意思，也许她以为一个单身老头应该是另外一种光景，现在却给了她正面的惊讶。

如果真是这样，她一定忘记我们在一起生活的日子了。杂乱跟我不合，我也从来不沾。我是个一丝不苟的人，每一样东西都要在它应该在的位置，方便随时取用。灰尘和杂乱会令我紧张。只要有一次疏于打扫，很容易一发不可收拾，尤其在这样一栋老房子里。在我众多的恐惧当中，其一就是怕自己变成那个站在便利商店柜台边，外套破烂、拉链没拉、衬衫上还沾着鸡蛋的男人，一切只因玄关的镜子废掉了。一个遭遇船难的人，没有了可以依附的锚，就只剩下一些不合时宜的乱想了。

我叫她坐到餐桌旁，给壶里装满清水放到炉架上，立刻响起嘶嘶的声音。一定是早上用过之后忘了关开关，这是相当严重的事。看样子艾琳没注意到。我也就不管了，切了几片面包放在篮子里。我忽然有些生气，还有些作呕的感觉。我看见我的手在抖。我走过她身边，去拿糖、牛奶、蓝色餐巾和所有早餐需要用到的东西，刻意保持一个不让她瞧见的角度。我在两三个钟头前才吃过，现在并不饿，但是我仍旧准备了足够我们两个人吃的分量，免得她一个人吃觉得尴尬。毕竟我们有好长一段时间没有见面了。说实在的，我宁愿不见。这会儿我想不出来还有什么事可做，只好坐下。

她望着窗外的湖光。我也看着相同的方向，说：

“我叫它天鹅湖。”

“那，有天鹅啰？”

“当然。我看过的就有两三家了。”

她转过头来。“告诉我，你真的还好吗？”她问，仿佛我的生活有两个版本。现在她没有半点要哭的意思，倒像是一个咄咄逼人的质问者。她是在扮演自己的角色，我知道，在这个角色背后还是原来的她自己，起码我希望如此。她还不至于转变成一个唠叨婆吧——如果能原谅我这么说的话。我做了一次深呼吸，振作起精神，把两只手压在大腿底下，向她讲述我在这里的日子，告诉她我忙得多起劲，做木工砍木头，和莱拉一起走长路散步；也告诉她我有个在必要时可以合作的邻居，他的名字叫拉尔斯，一个会用链锯的机灵家伙。我们有很多共通点，我有些讳莫如深地笑笑说，可是我看得出她对这个话题不太感兴趣，也就不再多说了，转而告诉她我现在对下雪的事有些焦虑，因为冬天真的来了，不过我也有应对的办法，相信她开车过来的时候一定也发现了。我已经跟一个叫阿斯克林的农夫达成了协议，只要有需要，他会驾驶着带犁头的拖拉机，来帮我做清除积雪的工作，当然要付费。所以我一切都很好。说着，我勉强笑了笑。我也听收音机，我说，只要在家就会听一整个早上。黄昏入夜的时候看看书报，不设限的，最常看的是狄更斯。

这次她是真心地笑了，眼睛没有湿湿的，也不咄咄逼人。

“以前在家你总是看狄更斯，”她说，“我记得最清楚。你拿着书坐在椅子里，隔着八丈远，我走过去拉你的袖子，问你在读什么，起初你好像不认得我，然后才回答说‘狄更斯’，表情好严肃。我当时就认为读狄更斯一定跟读其他的书不同，它一定很特别，大概不是每个人都能读的。当时我就是这个感觉。我甚至不知道狄更斯是你手里那本书的作者。我以为那是只有我们家才有的一本书。有时候你还会大声朗读，我记得。”

“有吗？”

“有，你有过。后来知道其实就是《大卫·科波菲尔》，等我长大了，我发现自己也爱看这些书。在那段时间里，你对《大卫·科波菲尔》似乎永远也不会感到厌倦。”

“从最后一次看到现在已经好久了。”

“可是书还在，对不对？”

“对，当然在。”

“你应该再看一次。”她撑起手肘，用手支着下巴说，“我会不会变成自己人生里的英雄，或者会不会由别人来主宰一切，书里自有分晓。”

她又笑笑，说：“我总觉得开头那几行有点可怕，因为字里行间暗示着我们不一定能做自我人生里的主角。我无法想象这是怎么个说法，太可怕了！那根本是一种行尸走肉般的人生，我只能眼睁睁地看着那个人取代我的位置。我也许对她恨之入骨，妒忌得不行，却无能为力。因为在人生的某个点上我出局了。就好像从飞机上坠落，我可以看见这个画面，投入虚无的太空，在那里飘飘荡荡回不来，而我的座位上坐着另外一个人，虽然那是我的位子，机票也在我手里。”

对于这番话我真的很难置喙，我没有想到她会有这样的想法。她从来没对我说过。当然更简单的理由是，她需要说话的时候我都不在。问题是她可能不知道我每次看《大卫·科波菲尔》一开始的那几行时都有和她相同的想法，然后我就不得不继续往下看，一页接一页，惊恐得全身僵硬。因为我必须知道结局是不是都能各就各位。最后当然是的，但是总要经过好长一段时间我才会觉得安全。这是书，真实的人生又另当别论。在真实生活中，我没有勇气开门见山地问拉尔斯：

“你是不是占了原来应该属于我的位置？你是不是过了好些年应该是我过的日子？”

我从来没想过父亲会去南非、巴西之类的国家，或者温哥华、蒙得维的亚之类的城市，为他自己开创一个新生活。他是不会逃避的，不会像许多人那样，因为愤怒或热情而一时头脑发热，或是因为遭受了反复无常的命运的打击而远走高飞，像约恩那样眯起一双害怕的眼睛躲在沉静的夏夜里。我父亲不是什么水手。他喜欢待在河边，这一点我很确定。这是他的心愿。拉尔斯来我这里之所以不谈他——从我们相认以来一个字都没提过——想必是因为他不想伤害我，或者因为他像我一样，一时没有办法把这些人，连他自己和我在内，全部兜拢在一起。简单用一句话来讲，因为他无话可说。我很了解。我这一生几乎都是如此。

这不是我现在要想的事情。我仓促地站起来，撞到了桌子，桌子一晃，杯子跳了起来，咖啡泼洒在桌布上，黄色的奶杯翻倒了，牛奶涌出来，跟咖啡混在一起，一条“小溪”流下来，直奔艾琳的腿上。问题在于地板是倾斜的，墙与墙之间有五厘米的落差，我早就量过了，也早该做一些补救，只是铺新地板可是一件不得了的大工程，急不得。

艾琳连忙把椅子推到后面，抢在“小溪”还没到桌沿的时候站起来，抓起一角桌布往上一折，再用两条餐巾止住了这场水灾。

“抱歉，我太急了。”我说。令我吃惊的是，我听见自己说出这几个字的时候语气非常急促，好像跑得上气不接下气似的。

“没关系，我们只要赶快把这块桌布撤下来放到水槽里用一点洗衣粉冲洗一下，就没事了。”她有一种从来没人在此展现过的掌控大局的架势，我没有做任何抗议。她迅速把桌上所有的东西都移到工作台上，把桌布拿下来放在水龙头底下，冲洗完污渍部分，小心拧干，再把它搭在火炉子前面的椅子上烘干。

“之后你可以放进洗衣机里洗。”她说。

我打开柴箱，再往炉子里添了两三块柴火。

“其实，我没有洗衣机。”我说。这句话听起来一副穷困潦倒的样子，我忍不住笑了，可是笑声似乎不怎么对劲。而艾琳，我看得出她听出来了。在这种情况下真的很不容易拿捏好声调。

她擦着桌子。她把那块抹布在自来水底下冲了又冲、拧了又拧，好像上面全是牛奶，非要彻底冲洗才能去掉那味道似的。忽然她身子一僵，背对着我说：

“你是不是宁愿我不要来？”仿佛一直到现在她才意识到这一层可能性。不过这是个好问题，我一时没有回答。我坐在柴箱上努力集中思绪，她又说了：“或许你是真的想图个清净，所以才到这里来的，对吗？可现在我来了，天刚亮就闯进了你的院子，这根本不是你想要的。如果照你的看法，是不是这样？”

她说这段话时始终背对着我。她把抹布扔在水槽里，两只手用力抓住工作台的边缘，不转身。

“我改变了我的生活，”我说，“这是最重要的。我卖掉了公司里的所有东西来到这里。我不得不这么做，否则一切都会不堪设想。我没有办法再像从前那样继续下去。”

“我了解，”她说，“我真的了解。可是你为什么不告诉我们？”

“我不知道，这是实话。”

“你是不是宁愿我不要来？”她再问，很坚持的样子。

“我不知道。”我说。这也是实话。我不知道对于她的到来我究竟抱着什么想法，这不在我的计划之内。然后一个念头突然出现：现在她要走了，一去不回了。这个念头令我一阵恐惧，于是我飞快地说：

“不，不是这样的。不要走。”

“我没有要走的意思，”她说，这时她才从水槽边转过身子，“现在还不走，不过我想给你提个建议。”

“什么建议？”

“装一部电话。”

“我会考虑的，”我说，“真的，我会。”

她待了好几个小时，等到上车的时候天又快黑了。这中间她带莱拉出去遛了一圈，她自愿去的，而我趁这个时间上床歇息了半个钟头。我的屋子现在不同了，院子也不同了。她打开车门发动引擎，说：

“现在我知道你在哪里了。”

“太好了，”我说，“我很高兴。”她简短地挥挥手关上车门，车子开始往斜坡驶去。我走上门阶，关了院子的灯，穿过玄关走进厨房。莱拉跟在我后面。即使它在我后面，这房间还是有些空荡的感觉。我朝院子里看，除了映在暗黑玻璃上我自己的身影外，什么也没有。

16

送走原木之后，弗朗兹常常到我们家来。我要赏自己一个假，他笑哈哈地说。他穿着短裤坐在门外的石板上，一支烟，一杯咖啡，加上那两条白腿，看起来真怪。天空除了蓝还是蓝，你要说它会在最短的时间里从浅蓝转成无懈可击的蓝也行。在我看来，不如下点小雨来得好些。

我父亲大概也是这个想法。他还是一刻也停不下来。他会带一本书到河边去看，躺在停泊的小船里，脖子下塞个垫子，靠在座位板上，或者在十字架松树下那块斜斜的石头上。似乎他完全没再想过一九四四年那个冬日在这里发生过的事。也许想到了，只是强迫自己装出一副无所谓的样子，为了表现出一个男人所应该显现的镇定和平和，以及正享受生活的模样。但是他骗不了人。他一心想着那些原木，从他抬头望着下游的眼神中看得出来。这激怒了我。对他来说，那才是最最重要的。我们不是有过约定吗？我们说好了，我会待在这里，我们要一起过完所剩无几的夏天，在它永永远远消失之前。

我们到达这里之后的一天，他提出一个骑马三日游的计划，我当时不也认为这是个很棒的主意吗？我问他心里想到的是哪些马，他答：巴卡的马。我兴奋极了，这真是一个不得了的好主意。现在我已偷偷地抢先一步。但那天在森林里，我和约恩并没有好好地骑那些马，而且结局也不太妙，于我是这样，于约恩也是，如果你想想前因后果的话。总之从那天起我就再也没听说过任何相关的人和事了。所以那天早晨我睁开眼，从窗口听见喷鼻息和跺脚的声音，就在屋子后面的那块野草地上，真的大吃了一惊。同样也是在那块草地上，我遇到了一件显得我很没用的事，我居然不敢用短柄的镰刀割除那边的荨麻，因为怕痛。而我父亲直接用手就把它们连根拔除了，他说："痛不痛都由你自己决定。"

我爬过床铺够到窗口，两手撑着窗台，把脸贴紧玻璃，看见两匹马在草地上吃草。一匹是枣红色，另外一匹是黑色，我立刻认出来这就是我和约恩骑过的那两匹。这究竟是好兆头还是坏兆头？那天早上要是有人问我，我还真不会说呢。

我照常从上铺跳下来，完美落地，毫发无伤。我的膝盖现在好多了，才两三天的时间而已。我使劲往窗外探身，差点翻出去。我看见父亲抱着一具马鞍从柴房出来，他把马鞍甩上锯木架，两个马镫各在一边晃着。我喊着：

“你去偷马了吗？”他停下来僵了一会儿，转过身，看见我挂在窗口，这才发觉我只是说了一句玩笑话，于是大声说：

“马上给我离开那儿。”

“是，长官。”我喊着。

我拎起椅子上的衣物，奔到客厅，以最快的速度边跑边穿，这只脚跳完，那只脚跳起来把裤子套上去，也来不及站定好好穿上运动鞋，就那么半蒙着头冲上台阶，衬衫袖子还在头上乱飞乱拍。待我终于露出脑袋，看见父亲站在柴房门边盯着我笑得停不下来，他怀里抱着另外一具马鞍。

“这是给你的，”他说，“如果你还有兴趣的话。之前你有过，我记得。”

“我当然有兴趣，”我说，“我们现在走吗？去哪儿？”

“别管去哪儿，先来吃早饭，”我父亲说，“然后我们得把马匹配备好。这要花一些时间，这些事马虎不得，不只是去哪里的问题。从现在算起，我们有三天的租用期。你知道巴卡，他不随便出借东西的，连我都不明白他怎么会答应。”

我可一点都不觉得奇怪。巴卡一直很喜欢我父亲，按照弗朗兹的说法，他们之间的信任程度超乎我的想象。搞不好这块地我父亲根本不必付租金，巴卡就把这里让给他了，因为他们是那么要好的朋友，战时曾经一起经历过那么多事。战争结束后一切都不同了，不是吗？从我们第一次来到这里，森林和河流在我看来都很陌生，小店旁边的院子是新的，桥是新的，我也从没见过在水流中变得金黄闪亮的原木。巴卡是一个我不太信赖的人，他有地有钱，而我们没有。我以为我父亲也是同样的感觉，但显然不是，他现在说的这些话，一定是故作轻松，要不就是抛了一层面纱遮掩了事实的真相。

这样一来，所有的事似乎都有些暧昧了，不过我不能钻牛角尖，因为夏天就要过去了，至少对我们而言。送原木下水那天让我备感颓丧也几乎毁了我膝盖的那种沉重感竟莫名其妙地涌上心头，随即又消失了。现在我像父亲一样根本停不下来，我急于抓住每一种可能性，在我们剩下的日子里，在河里，在四周的风景里，赶在我们回奥斯陆之前。

我们就这样出发了，趁着阳光还在福禄杰勒区高高的山脊上，森林小径上还残留着最后一丝暖意。耀眼的桦树枝干的倒影，犹如基奥瓦族的弓发射出的利箭一般，一路在林间穿梭，深绿色的蕨类植物在沙石小径两边摇摆着，就像主日学校的经文中在圣枝主日拿的棕榈叶一样。我们从小屋出发，骑着马慢慢地踱上小径，经过了不久前我曾睡过一宿的老谷仓，突然我身体里一阵燥热，应该是马儿热热的肋腹贴着我大腿的关系，而迎面又吹着从南边来的暖风。我们走在河的东边。在这之前我们已经吃过了早餐，装好了鞍囊，卷好了露天睡觉时用的毯子，与御寒的厚外套绑在一起，把马匹打理得很干净，马鬃闪闪发亮。向西的山脊上，成堆的云朵在滑行。不会下雨的，我父亲说，他摇着头登上了马鞍。

谷仓外面，挤牛乳的女工正在溪流里用水和苏打粉清洗铁桶和盆子，闪耀的阳光映在金属上，映在灌进桶里又溢出来的冰冷的清水里。我们向她挥手，她也举起手回应，一条闪亮的水线在空中飞腾出一个弧形，然后坠落到地面上。马儿喷着气点着头。当她看清楚经过的人是谁的时候，放声大笑起来，没有丝毫恶意，我也没有脸红。

她的声音很好听，我觉得就像银笛的声音。我父亲在马鞍上转过头看着紧随其后的我。我还在忙着调整坐在马鞍上的位置。“屁股放松，”我父亲说，“让你的屁股成为马的一部分。你座位上有一个轴承，要利用它。”我知道他是对的，我的身体如果能运作自如，那骑马绝对没问题，只要我有心。

“她，你也认识？”我父亲在问我。

“是啊。我们很熟，”我说，“我见过她好几次了。”这句话有些夸张。可是他说的“也”，我不知道他指谁。难道是指约恩的母亲？他的口气令我怀疑他是不是还在生我的气，为我们把木头送下水那天的事。他又说话了：

“找个跟你同样年纪的如何？”

“这里根本没有。”我说。起码这句话是真的。两个夏天，在这方圆几公里之内，我就没见过一个跟我年龄相近的女孩。我真的无所谓。我没时间找什么年龄相近的人。我找她做什么？现在这样很好。我听见自己的声音变得僵硬而充满敌意。他直直地看着我，然后笑了。

“你说的还真对啊。”他说着转回了身子，我听见了他的笑声。

“你在笑什么？”我抓狂地大嚷。他没有回头，只是对着空气说：

“我在笑我自己。”我想他说的就是这句话，而且很有可能是真话。他确实有这份能耐，笑他自己。这是我最不会的，他却常常如此。可是他现在为什么要笑呢？我不明白。他用脚跟温柔地碰了碰马的两侧，马加快了速度，轻快地小跑起来。

“走吧。”他喊着。跟在他后面的我有些手忙脚乱，赶忙在马鞍上把屁股调到正确的位置，这时我的马也跟着小跑起来。谷仓消失在后方的树林里。院子里挤牛乳的女工还在，短裙下方棕色的膝盖闪着光亮，一双有力的手臂举在半空中。

我们沿路向前行。大路变成了窄窄的小径。到了路口转弯处我们并不跟着转，那里可以直通河边和灯芯草丛里的小码头。有个晚上，在奇怪的光线中，我就曾经走来这里，看见我父亲不顾一切地亲吻着约恩的母亲。现在我们走的是另外一条路，不久便转向东边，小路逐渐缩成一条麋鹿脚印似的曲折小道，掩映在高大的老桦树中间。透过叶间仰头看，就能看到沙沙作响的漂亮树冠。我看得脖子发酸，几乎飙泪。我们越过一条很深的溪流，那水看起来冰冷冰冷的。确实很冷。当马儿小跑着踏过时，溪水从马腿溅上来，打在我的大腿上，长裤立刻湿透了，甚至还有几滴打到我脸上。可是马儿喜欢。接近福禄杰勒的时候，景观改变了。陡峭的山坡上，云杉林密密层层，没有砍伐过的痕迹。我们顺着小道上到山脊，在最高点歇了一会儿，掉转马头回顾。透过树梢，河流迂回在新割完的牧草地中间，像一条黯淡的银带，云层躺在山谷另一边的山脊上。这景观太棒了，说真的，远超过家乡的峡湾。老实讲，我并没有多在意那峡湾，现在又是我多年来最后一次像这样俯瞰山谷，我知道这个，而我并没有如你所想的那样多愁善感，反而不开心，有点生气。我想继续走。我觉得父亲停顿的时间超越了必要的长度。他朝西边望着，我把马儿转个向，背对着山谷说：

“我们总不能一直待在这儿吧。”

他看着我，似笑非笑的，也掉转了马头开始笔直地向东走，我知道那个方向是瑞典。相信到了那边，看起来跟边界这边是完全一样的，只是感觉不同。这我很确定，因为我从来没到过瑞典。如果那是我们前往的目的地的话。不过父亲什么也没提过，我只是假设。

结果，我的假设没错。我们从山脊的另外一边下来，穿过了一条狭窄的小道，四面的风景就此锁住，马小心谨慎地往下走，在盖满碎石子和松动石块的斜坡上看一步走一步，也真的很陡。我尽量往后靠着马鞍，两条腿撑得笔直，两只脚使劲踩着马镫，以免从马脖子上翻下来一路滚下斜坡。铁蹄声在小道两边的岩石间响个不停，当然还有回声，所以你不能说我们是在安静地走着。不过这倒没有什么关系，我想，反正也没人追赶我们，没有荷着轻机枪和望远镜的德国巡逻兵，没有牵着警犬的边境警察，没有嘴唇薄薄、身形消瘦的美国法警跟踪我们，他们骑着同样消瘦的骏马，夜以继日，和我们保持着不太近也不太远的距离，耐心地等待着，等着我们累到松懈，累到有一瞬间忘了戒备——于是展开攻击，毫不迟疑，毫不怜悯。

我在马鞍上很小心地转过身去看，想确定后面没有这样一个骑着灰色瘦马的人。我努力地听，可惜我们这两匹马的声音在这条狭窄的山缝里实在太大，其他什么也听不到了。

到了斜坡底就是平原，陷在一大片山脊的阴影中，阳光照在我们的身后，两匹马轻松地跑了起来。父亲指着一个土丘，那顶上有一棵孤独的弯弯的松树，他喊着：

“你看见那棵松树了吗？”

这里没有别的东西可看，所以我喊回去：

“当然看见了。”

“从那里开始就是瑞典了！”他仍旧指着那松树，好像不指就很难看出来。

“知道啦。”我吼着，“看谁第一个到松树那边！”我的脚跟往马的两侧一夹，它立刻改变步伐往前飙，但是这突然的猛冲却使我一失手松开了缰绳，直接弹出了马鞍，从马屁股上滚下来摔在地上。父亲在我身后大嚷：

“精彩！再来一次！再来！”他大笑着策马经过我身旁，赶着去追那匹逃开的马。不过一百米左右，他就追上了它。他在高速奔驰下弯身一把抓住缰绳，然后在平地上一个大回转，再骑回来。那模样，像是在昭告全世界，这也是他可以做到的一件事。可惜这里不是全世界。只有我像只空袋子似的躺在野草地上，看着他领着两匹马向我走来。我身上并不怎么痛，可是我依旧躺着。他下了马，走过来蹲在我前面说：

“对不起啊，我刚才笑你。实在是太滑稽了，好像马戏团的表演。我知道对你来说不好笑。我那样笑真够蠢的。是不是很痛？”

“还好。”我说。

“心里有点痛？”

“有一点。”

“让它去吧。传德，”他说，“别放在心上。对你没有好处。”

他伸出手来拉我，我握住了。他把我的手捏得好紧，捏得发痛，却不拉我起来，反而跪倒在地上，抱住我，把我揽在他的胸口。我真不知道该说什么了。我太惊讶了。当然，我们两个是好朋友，一直以来都是，往后也是。他是我最敬重的一个大人，何况我们还有约定，我对此深信不疑，但我们真的没有拥抱的习惯。我们会打闹。两个人像白痴似的在农场的空地上打打闹闹、翻来滚去。那里空间够大，很适合玩这种小孩子的游戏，可是这不是打闹，恰恰相反。我记忆中他从来没做过这样的事。感觉很不对。不过我还是让他搂着我，只是我不知道两只手该往哪儿放。因为我不想把他推开，又没办法像他拥抱我那样拥抱他，所以干脆由着两只手在那里垂着。还好我不必考虑太久。他已经放开了我，站起身来，再握住我的手把我拉起来。他微微地笑着，我不知道是不是针对我的。我不知道该说什么。他把我那匹马的缰绳交给我，替我掸掉衬衫上的尘土，又恢复了原来的样子。

“我们最好尽快进入瑞典，”他说，“别等到整个国家沦陷，我们不知道何去何从。那时候就只剩下波斯尼亚湾和另一边的芬兰了。目前芬兰还派不上什么用场。”他说的话我一句也听不懂。好在他一脚踩着马镫翻身上马了。我也照做。我已顾不得姿态是否优雅，只觉得全身僵直酸痛。我们慢慢朝着那棵看上去很像一座雕像的松树攀登上去。我们越过边界进入了瑞典。

果然如我所料，在越过之后，一切看起来虽然相同，感觉却完全不同。

当晚我们睡在一块凸出来的悬崖底下，之前有人在这里生过火。我们找到两大堆剩下来搭床用的云杉嫩枝，上面的针叶早都变黄掉了。我们把老枝清除干净，再用我早先爱不释手的一柄小斧头从附近的树林里砍了些新枝。我们再把大小树枝放在悬崖底下，铺成两张松软的睡床。当你一睡上去，几乎把整个脸埋在里面时，那浓浓的味道很好闻。我们取来了毯子，在石头围成的圆墙里生营火，各坐在火焰的一边进食。我们把好几条绳索连接成一整条，绕着四棵有一定距离的云杉绑好围成一个畜栏，再把两匹马松绑。从我们坐的火堆边的位置，只能听见它们在松软的林地上到处走动的声音，接着清楚地听见马蹄敲石头的声音和彼此喉咙里发出来的轻声细语，但是看不太清楚它们。现在是八月，入夜的时候格外黑。火焰映在我头顶的岩壁上，让我进入了彩色的梦境。夜里醒来时，我什么也想不起来了，搞不清楚自己在哪里，为什么会在这里。火还在燃烧，发出微弱而足够稳定的光芒。我小心地走向马匹，记忆终于苏醒了。就在树根和石子刮擦着脚底的时候，所有的事情都慢慢回忆起来了。我轻轻地对着两匹马说着一些说过就忘的悄悄话，上上下下地抚摸着它们强有力的脖子。过后我还能在指间闻得到它们的气味，也感受到了一种平静，让我可以独自一人到大石头后面去做我半夜醒来会做的事。回来时，我困到了极点，绊倒过好几次。走到凸出来的悬崖底下，我一把拉上毯子，立刻昏睡过去。

那几天就是最后那段时光了。我现在坐在这里，在这栋我计划着要改造成一个可以安度余年的老房子的厨房里。我女儿做完一次意外的拜访之后走了，她的声音、她的香烟、她车子上的橙色灯光也一并被带走了。我回头看当时，发现风景中的每个变动都来自事件过后留下的颜色，两者不可分离。有人说，过往就如同另一个国家，那里的行事作风本来就不同，感觉我的人生多半都是如此。因为当时我不得不如此。可是现在不同了。只要精神一集中，我就能走进记忆的小铺，在对的架子上找到对的影片，让自己隐没在里面。在我的身体里，仍旧能感受到那一次和父亲在林间驰骋的感觉。沿着那条河之上的高高的山脊骑着马，再从山脊的另一边下来，越过边界进入瑞典，深入一个完全陌生的国家。至少对我来说是这样。我仍旧能向后斜靠着，坐在那块凸出的悬崖底下的营火旁，像那晚一样。当时，我第二次醒来，看见父亲睁眼躺着，瞪着上方的岩石。他两手枕在脑袋底下，一动也不动。余火的红光映在他的额头和有胡楂的脸颊上。纵使我再怎么不想睡，也撑不了太久，看不到他在黎明前到底有没有合过眼。总之，他起得比我早多了，已经给两匹马饮了水，也为它们梳理整顿过，迫切地准备出发。他紧张得来来去去地忙着，但是就我感觉语气并不严厉。我们收拾好行李，上好马鞍。我的梦境还没完全消失，神思还恍惚不清，我们两个就上路了。

我还没看见就已经听见了河流。绕过一座小山后，它就在那里，在林木之间，看起来几近白色。空气好像改变了，让人的呼吸变得更顺畅了。我一眼便看出了这是我们自己的那条河，只是更往南一些，进入了瑞典——虽然从水流动的样子来区分这里那里的河不太可能，但我就是那么干的。

不久便到了岸边，我们尽量把马策往南边。父亲仔细查看了上下游和对岸的情况。起初我们只看见一根木头撞上了一堆灯芯草，接着又看到好几根卡在一个浅滩上。父亲拿出斧头，从两棵小松树上砍下几根坚固的树干。我们穿着鞋涉水。我的是运动鞋。父亲的是绑着鞋带的大皮靴。我们用树干当木桩，帮助那些木头顺利回到水流中。我看得出他在担忧，因为水位不够高，对运送木头来说尤其不利，他想要立刻往下游走去。于是我们上马继续前行。竖着的两根树干恰似指向天空的两支长矛，杵在马的两侧，好像《劫后英雄传》里的艾凡赫和他的武士们握着长矛赶赴武林大赛，或是开始一场生死攸关的大战，在古英格兰对抗忤逆不道的诺曼人。我很想压制自己的幻想，可是坐在马背上，走在河岸的树丛中，真的很难控制，因为敌人随时都会出现。我们走到一个河湾，转过去，是一条激流，一根木头刚好卡在水位下降的河道正中两块光秃而干燥的大石头中间，愈来愈多的木头漂过来，都挤着那第一根木头，如今已经挤成一大堆，卡得死死的。这可不是我父亲希望看到的。他整个人在马鞍上，似乎就要崩溃了。他的样子令我心痛、令我不安，我跳下马奔向水边，盯着聚成一堆的原木料，再沿着河岸跑了一段路，出神地望着河里，再往回跑，之后又跑得更远。我跳上跳下地从每个可能的角度研究那一堆乱木头，最后对着父亲叫喊：

“我们只要用绳子绕住那根木头——”我指着最关键的那一根，“把它从大石头那里稍微拉开一点点，就不会卡住，其余的当然会跟着通过。”

“说起来容易，”他语气冷淡，“我们一点都拉不动它。”

“没错。我们不行，”我喊，“可是马行。”

“有道理。”他说。我大大地松了一口气。我跑到马前面，解开马鞍上的绳子，再解开父亲那边的绳子，把两条绳子绑在一起，在一头打了个活结，拉紧，再从我头上套下来，套到腋下，横过胸口，在背后稍微收紧。

“你要顾好另外一头。”我头也不回地喊着。不管他是否接收到我下的指令，我尽可能地往岸边跑，跑到自己认为够远了，才放心大胆地投进水里。起初我几乎是在河床上爬行，之后水忽然变深，我就朝河中央游过去。这里的水流不算强劲，不过还是能把我拖着走，我游了一下，水流动得更快了。我任由自己顺着水漂，直到两手碰着第一根木头。我先试试它的承受度，再整个身子上去，让自己的鞋子在树干上找到一个立足点。我站在上面晃了一会儿，等待一切正常，再一手高提着绳子，在这堆绕在一起的原木上面跳来跳去。跳到另一边，又回头。为了抓住两条腿的节奏，我做了几个不必要的腾跳，感觉一下自己是否还熟悉它。有些木头在我站上去的时候会打转，改变了位置，不过我已经及时地跳开了，没有因此失去平衡。这时父亲在岸上叫喊：

“你在那里做什么？”

“我在飞！”我喊回去。

“你什么时候学会的？”他又喊。

“在你没看见的时候。”我叫着笑着，跳上了那根惹麻烦的木头，发现我要绕绳子的那一头就在水面下。

“我下去看看。”我喊着。父亲还来不及回话，我已经跳下去沉入水里，之后又站上了河床。我感觉到水流大力地冲击着我的背，拉扯着我的臂膀。我睁开眼，看见大树干就在眼前。我把绳套从头上取下来，牢牢地绑在我定好的位置上。一切进行得太顺利了。像这样毫无重力地站着，要我站多久都没问题。只要屏住呼吸，两手环抱着那根木头就行了。不过我还是得放手浮上水面。父亲收紧了绳子。我现在只要把自己拉上岸。不久后，我站在岸上，身上滴着水。父亲说：

“还真不赖啊。”他笑嘻嘻地把绳子绑在马具上。这是趁我在河里的时候他临时想到的。他拎起缰绳走到马前面，大喝一声：“拉！”那马开始拼命地拉，没有任何动静。他再喊了一次“拉”，于是我们听见急流里传来刮擦的声响，就好像有什么东西裂开了。整堆的原木一下子都翻倒了，一根接着一根散开来，全部被下游的激流逮住了。我看见父亲快活极了。顺便一提，我发现他也在看我。

III

17

仿佛一道帘幕降落下来，隐藏了所有我熟悉的东西，几乎像是再一次重生了。颜色不同。气味不同。看事情的感觉不同。不只是冷与热之间、亮与暗之间、紫与灰之间的不同，而是我对害怕和快乐的感受都不同了。

我时时都很快乐，甚至在我离开河边小屋之后的那几个礼拜旦。我很快乐，又充满期待。我骑着单车沿着海岸走，从坡度很陡的尼森巴肯俯冲而下，经过莱安车站，到摩塞维恩大街，再骑七公里进入奥斯陆。但同时，我又极其心神不定，常常莫名其妙地哈哈大笑，注意力很难集中。这一路上行经峡湾，所看到的都是我本来熟悉的事物，却都不是从前的样子——不管是奈所登还是白尼峡湾，英吉尔斯特兰的沙滩还是罗尔德·阿蒙森的房子；不管是欧孚岛横跨小海峡的漂亮大桥，还是紧挨着它的麻姆岛；不管是威普丹根码头的谷仓筒，还是泊着美洲客轮的港口另一边那座城堡的灰色围墙。连八月尾声的天空，在这个城市里都不一样了。

我到今天还记得自己在近乎白热的阳光下骑着车经过欧斯本车站：穿着灰短裤和敞着前胸的衬衫，一路翻飞地穿过贝克拉格。铁路在这里向左转，峡湾在左边，陡峭的艾克伯格山脊在右边。海鸥的叫声，铁轨枕木的木骝油味，抖动的空气中苦涩的海水味，我都记得。虽然夏天确实已经过去，但是到了八月底，仍旧很热，几乎是热浪的感觉。我可以极速踩着脚踏板，让阵阵热风扑向我大汗淋漓的赤裸胸膛，也可以在大太阳下不流一滴汗地乘风滑行。有时候我甚至听见自己在唱歌。

这辆脚踏车是父亲前一年送给我的。那时候这个国家随便哪里都找不到一辆新车。他已经买了它好几年了，大部分时间都任它留在地下室里，因为他很少在家，根本用不上。时代换新了，他说，要有新计划。但这脚踏车不在计划之列。这是他的说法。我可是很高兴接收它的。我把它照顾得很好。有了它，我才有自由的单车行。我把它拆开过好几次，再照父亲那样拼装好。所有的连接处和齿轮都洗过，也擦亮上了油。链条顺得不得了，从踏板带动的曲轴到后轮的花毂，再回到擦得发亮的护链盖，一点声音都没有。从我一骑上去不踩踏板就直接冲下山坡的那一刻起，到我拐进海边的欧斯本车站为止，完全没有声音。我把脚踏车停放在自行车停车架上，从艳阳高照的大门外走进灰尘弥漫的昏暗大厅，去研究进站的火车班次表。我沿着栅栏挤进在各个月台前观看告示牌的人群里。布满煤烟的玻璃屋顶，高高地横在这些人和火车的上方。我大概是唯一一个拉住站务员的袖子详细询问每一列从艾佛伦到奥斯陆的火车的人。他看了半晌，认出了我。之前我就问过他很多次了，最后他只是指着我早已经看过的班次表，让我自己去看。没有任何小道消息，没有任何遗漏的告示。

像往常一样，我来得太早。在晦暗的光线里，我站在一根柱子旁等候着。车站大厅里一整天都是这个光线，怎么看都不对劲，不像白天也不像黄昏，不像早晨也不像晚上，到处是人们走路和说话的回声。奇妙的是高高的屋顶上一片安静，鸽子排成一长排栖息着，灰的、白的、斑点的、褐的，都在低头看着我。铁梁中间到处都是窝，它们一辈子都住在这里。

当然，他没有来。

在一九四八年的那个夏末，这段行程我不知道走了多少次。为了等候从艾佛伦来的火车，每当我骑上单车冲下尼森巴肯一路骑来，站到那里等待时，我都非常紧张和期待，甚至非常快乐。

当然，他没来。

来的是等待已久的雨。我继续每隔一天就骑车去奥斯陆一次，查看他是否恰巧会在这一天搭上从艾佛伦来的列车。我戴上防水帽，穿上油布雨衣，这一身黄色的装备看起来像从罗弗敦来的渔夫。我还穿上威灵顿雨鞋，因为雨水会从车轮的两边溅起来。大雨从艾克伯格的山坡滂沱而下，涌上路右边的铁道。铁轨消失在隧道里，再从左边冒出来。所有的房子和建筑都比原来更灰，而后消失在雨里。我没了眼睛，没了耳朵，最后什么也听不见、看不见了。于是我停下来，不去了。一天不去，两天不去，三天也不去。仿佛一道帘幕降落下来，几乎像是重生了。颜色不同。气味不同。看事情的感觉不同。不只是冷与热之间、亮与暗之间、紫与灰之间的不同，而是我对害怕和快乐的感受都不同了。

秋天快过完的时候来了一封信，邮戳盖的是艾佛伦。信封上是我母亲的名字和尼森巴肯的地址。里面的信纸上却写着我们三个人的名字，连名带姓。虽然我们都是同一个姓。看起来很怪。信很短。他谢谢我们曾经共度的时光，令他回味无穷，但是时代不同了，再也于事无补了，他不会再回来了。瑞典卡尔斯塔的一家银行里有些钱，是那年夏天我们伐运木头赚的。他已经写信给银行，附上了给我母亲的授权书，她只要带着身份证明去卡尔斯塔，就可以领取这笔钱。祝福大家。完了。没有一句特别问候我的话。我不知道为什么。我真的以为能得到那么一句。

“木头？”这是我母亲说的唯一一句话。她的身体已经显露出那种她余生都不离不弃的沉重，不只是她的手臂、臀部，她走路的样子，还有她的声音和整个体态，甚至她的眼皮都变得很沉重，就好像一直睡不醒、意识不清的样子。关于那件事，我从来没跟她说起过一个字。关于那年的夏天，我和我父亲，一个字都没跟她提。我只说了他会尽快回家，等他把事情做个了结的时候。

我母亲向她弟弟借了些钱。不是一九四三年从南岸一个警察局脱逃，被盖世太保射杀的那个弟弟。我们叫他阿蒙舅舅，而遭枪杀的是阿尔内舅舅，他们是双胞胎。他们不管做什么都在一起，一起上学，一起越野滑雪，一起打猎。现在阿蒙舅舅成了孤独的猎者。他住在城里一间小套房里，那房子本来是他和阿尔内舅舅共有的，在瓦乐润加市。他没结婚，那时顶多三十一二岁，可是他那间位于司马伦格塔区的小套房里却有一股老人味，至少我去那里探望他的时候有这样的感觉。

母亲带着借来的钱买了去往斯德哥尔摩方向途径卡尔斯塔的火车票。我研究过整条路线：一早从奥斯陆的欧斯本车站出发，沿着格罗马河到康斯温爵，然后转向南边，越过瑞典的边界和夏洛腾堡，再往下到格拉夫峡湾边的阿尔维卡，继续朝同一个方向前进，就到了卡尔斯塔。这是华姆兰区的首府，在凡依湖的旁边。凡依湖相当大，卡尔斯塔简直就像是一个港口。当天下午就能回来。母亲要我同行，让姐姐留在家里。老是这样，姐姐说。她说的全对，可是这关我什么事。

这次不再是从摩塞维恩大街到欧斯本车站的单车行，而是从峡湾边的莱安车站搭本地的火车出行。峡湾上也不再是夏日的风景，灰色的天空好低，都快要碰到浪头了，强劲的风把岛屿之间的海水搅出了白色的花边。我站在月台上看着铁轨上飞过来的一顶女帽，那些在我们那一带很常见的高大松树在风中摇晃，又在一阵阵邪风中怪异地折弯了腰，但是它们没有倒。小时候有好多次，我都以为松树要倒了，快要连根拔起杵在半空中。那时候我坐在二楼的窗口，紧张兮兮地瞪着那些细瘦的红里带黄的树干不断地被风欺负着，在屋宇间，在峡湾上面的山坡上，它们倾斜得那么厉害，可是从来不会倒。

到了欧斯本车站，我非常清楚哪班列车在哪个月台到站，我也清楚每班列车离站的时间。我带着母亲走到正确的月台上，找到正确的车厢，向左右两边曾经说过话的那些人打招呼——有脚夫，有列车长，有报摊的小姐，还有两个男人，他们老在那里闲晃，只为了合喝一瓶看不出是什么的恶心的东西。每天他们都会被赶出去，又会照常回来。

我坐在小包厢里反向靠窗的座位上，因为这样反着坐一定会晕车，她说，很多人都会有相同的状况，而我却一点问题都没有。火车沿着格罗马河奔驰，看站牌已过了布莱克车站和阿尼斯，火车轮子撞击着铁轨的接合点，乒乒乓乓地响。咣当，咣当，咣当。我坐在位子上睡着了，一明一灭的光在我的眼皮上闪着，那不是阳光，而是水面上的灰白光。我梦见我正在前往河边的小木屋，而此刻我坐着的是火车。

我醒过来，睡眼惺忪地望着格罗马河，我知道它还在我心底。我跟水很亲，跟奔腾的水很亲。呼唤我的大河在相反的方向，不是我们现在经过的这条。我们现在是往北方走，而这条河流向南方的沿岸城市，跟所有的大河一样，又宽又广。

我的视线从格罗马河转到坐在我对面的母亲身上。铁轨旁的柱子、标杆、小桥和树林的光影，在她的脸上忽上忽下地闪着。她的眼睛闭着，厚重的眼皮搭在圆圆的脸颊上。在这张脸上，仿佛除了睡觉以外，其他一切事都违反自然。我想着：天哪，他居然就这样消失不见了，留下我来面对她。

噢，我并不是说我不爱她，我真的很爱我的母亲，可是从面前的这张脸上我看不到我想要的未来。只要看着这张脸超过三分钟，我就觉得两个肩膀上有承受不住的重量，使我喘不过气。我坐不住了。我从座位上站起来，拉开门走到走道上另一边的窗口旁。田野匆匆飞过，已经收割过了，土地黄黄褐褐地裸露在落寞的秋光里。有个人站在那里看风景，他的背影感觉好像有些什么内容。他正出神地抽着烟。我走到窗口，他像在做梦似的，转过来友善地点个头微笑。他长得一点都不像我父亲。我顺着各个小包厢的门一路走到车厢尽头，走到墙上有个好大的盛水容器的地方再折回来，又经过抽烟的男人旁边。我盯着地板笔直地走到车厢另一头，在那里发现了一个空的包厢。我走进去关上门坐下来，这次坐在正向靠窗的座位，看着窗外的河流迎面而来，而后消失在背后。我把脸贴在窗格子上，也许真的哭了一会儿，然后我闭上眼睛睡着了。我睡得很死，直到列车长哗地把门扭开，说卡尔斯塔到了。我们并肩站在月台上。后面铁轨上的火车还没开动，不过很快又会出发，铿铿锵锵地继续前往斯德哥尔摩。我们听见了通风机的呼号声，还听见了车站两旁的电线杆上传来风吹电缆的声音。有个男人在月台上用瑞典话大声吼他的太太："快来啊，干什么呢！"她却依然固执地站着，被一堆行李围绕着。我母亲看起来好像失神了，脸睡得肿肿的。以前她从来没到过别的国家。我到过，不过那是在森林里。卡尔斯塔跟奥斯陆不同，这里的人说着不一样的话，我们一听就知道。不单是用字，连音调也很像外国人。这个城市似乎比奥斯陆规划得好，从车站就看得出来，没那么破败，可是我们不知道该往哪儿走。我们只拎了一个包，因为没打算要在这儿过夜或久留。我们只是去银行，它叫作"华姆兰银行"，就在市中心的某个地方。我们还要吃一点东西，这应该负担得起。从银行领到了父亲留给我们的钱之后，应该可以到餐馆去吃一顿。不过我知道母亲做了便当，为安全起见，放在了包里。

我们走过瓷砖地，出了车站大楼，走上铁轨旁的大路，再从尚瓦斯格登走向市中心。我们看着街道两边的房子找寻银行的标示牌，地址就在包里的一封信上，可是找不到了。我们两个人不停地互相问着“你看到了吗”，再向对方答一句“没有”。

包是我在拿，夹在臂膀底下。我们走完一整条街，最后在克拉拉河边停了下来。这条河从北边大森林区流过来，到了这里被一块狭长的土地一分为二，我们现在就站在分岔点上。河水穿过卡尔斯塔，把这个城市分成了三个部分，就像冲积三角洲那样，最后再汇合流入超大的凡侬湖。

“好美，对不对？”我母亲说。我想是吧，可是因为河上的冷气流，也很冷。我被冻透了。才在火车上睡了一觉，就直接走进秋天的冷风里。我真想赶快把事情处理掉，实现我们此行的目的：把账户一次搞定，有人能在那些条条框框里标示出两条线来，这些是你原有的钱，这些是你提领的钱，这些是你余下的钱。

我们离开河边，走上另一条平行的街道。“你冷吗？”我母亲说，“包里有条围巾。不是女人围的那种，你不必觉得不好意思。”

“不用，我不冷。”我说。我听到自己不耐烦到极点的声音。我后来为此遭受了很多批评，尤其是被女人，因为我常常用那种语气和女人说话。我不能否认。

过了一会儿，我从包里抽出围巾，那是我父亲的。我把它绕过脖子在下巴底下打了个结，再把多余的部分平整地塞进外套里盖住胸口，马上觉得舒服多了。我用很坚决的口气说：

“我们要问路，不能像这样在街上瞎转。”

“噢，我们一定找得到的。”我母亲说。

“最后当然一定会，可是耗这么长时间很蠢啊。”

我知道她很怕开口说出人家听不懂的话，那会使她很困惑、很无助，像一个进城的村妇。这是她说过的，她无论如何也要避免这个情形。在我母亲眼里，乡下人是所有人口中落后的一群。

“那我来问。”我说。

“你要问就去问吧，反正我们很快就会找到。”她说，“一定就在附近。”

都是些废话，我想着。我走向第一个从人行道上过来的人，问他是否能帮我们找到华姆兰银行。他看起来很正常，肯定没有喝醉酒。他穿着体面，大衣很新。我确信自己措辞简单明了、发音正确，不料他只是张着嘴巴看着我，好像我是从古老的东方来的。突然我火冒三丈，感觉脸在发热，喉咙好痛。我说：

“你聋了，还是怎么了？”

“什么？”那声音听起来像狗吠。

“你聋了吗？”我说，“人家跟你说话，你听不见吗？你耳朵有毛病吗？你能不能告诉我们该上哪儿去找华姆兰银行？我们非要找到这家银行不可。你听不懂吗？”

他听不懂。他根本听不懂我在说什么。这太可笑了。他只是气呼呼地瞪着我，脸慢慢地从这边转到那边。他眼里有一种紧张的神色，就好像面前的这个人是刚从精神病院逃出来的大白痴，现在唯一可行的就是拖延时间等着警卫过来，赶在伤害造成之前把他拽走。

“你想在嘴巴上吃一拳吗？”我说。如果他真听不懂，干脆我想说什么就说什么好了。再说了，我跟他一般高。经过了这个夏天，身体状况也保持得很好，我用各种方式锻炼身体：做伸展，做各种方向的弯曲，做推举，搬运木头和石头，上游下游地划船。夏末，我还在尼森巴肯和欧斯本车站间骑单车来回了无数次。现在我觉得自己好强壮，简直天下无敌，而这个男人看起来一点也不像个运动健将。不过他对于最后一句话的了解想必好过前面的一大串话，因为他的眼睛瞪得像圆盘，忽然有了戒备。我又重复了一遍：

“你要是想在嘴巴上吃上一拳，那绝对可以如愿，因为我太想赏给你了。”我说，“只要你开口。”

“不。”他说。

“不想什么？”我说。

“不，”他说，“我不要在嘴巴上吃一拳。如果你打我，我就叫警察。”他说得非常清楚，像个演员。这更加激怒了我。

“我们马上就知道了。”我说着，一只手不自觉地握紧了，所有的关节都温暖紧实，感觉很好。我不知道我自己说的那些话是从哪里来的。我从来没有对任何人说过这种话，我不会对我认识的人说，对不认识的人更不会说。我发现我站着的那方圆石子正向外面各个方向辐射出许多线条，就像一个画得很精确的图表，我站在圆心。而今天，五十多年后的今天，我闭起眼睛还能清楚地看到那些线条，像一支支闪亮的箭。就算在卡尔斯塔的那个秋天我没有清晰地看见，我也知道它们在那里，我非常确定。那些线条是我可以做不同选择的道路，只要选择其中一条，升降闸门就会重重落下，然后有人把吊桥高高升起，连锁反应一旦开始，谁也无法让它停下来，不可能回头，没有折返的路。如果我揍了站在面前的这个男人，就等于做出了选择。

“死白痴。”我说。那一瞬间我知道我已经决定放开他了。我的右拳很费力地放松了，而面前的这张脸上明显地扫过一丝失望。不知道为什么，我总觉得他似乎宁可要闹到警察来，然而就在这时，我听见母亲在叫唤。

“传德！”声音从街道远处传过来，“传德！我看到了，就在这儿。华姆兰银行在这儿！”她嚷着，我认为声音大得有些过头。不过很庆幸她没有撞上我生命中具有决定性的一刻。我走出圆圈，箭矢不再闪亮，图表和线条都融化了，变成一条细细的灰色溪流，流进了水沟，消失在最近的下水道里。我右手的指甲还留有红色的印子，但是选择已然确定。如果当时我在卡尔斯塔出拳揍了那个人，我的人生将会大不同，我也会成为一个大不同的人。像很多人那样较真下去是很愚蠢的，到头来结果都一样。却也会不一样，因为我很幸运。之前我就说过了。这是真的。

我不想进银行，所以围着父亲的羊毛围巾等在外面，一边肩膀靠着窗户中间灰色的砖墙。十月在拍打着我的脸，我清楚地感觉到克拉拉河及它所承载的一切就在我后面不远处。我的胃在打战，仿佛跑了长途气喘不过来，而那股劲儿仍留在身体里。那是有人忘记熄灭的一点光。

我母亲走进银行，手里握着父亲给的授权书，大胆而坚决地准备把事情搞定，同时却又为她的挪威腔担心害羞。她进去了将近一个小时。要命，街上好冷，我确定我快要生病了。当我母亲终于从银行出来，脸上带着一种困惑的、几近做梦的表情时，我仿佛觉得河水的寒意变成了一张不知道用什么材料做的薄膜，包住了我的身体，使我产生了一种比之前更冷漠、更麻木的感觉。我直起身子说：

“结果怎么样？他们听不懂你的话，还是不肯给你钱？还是根本没有账户？”

“噢，不是，”她说，“一切都很顺利。有账户，他们把那里面的钱都给我了。”她神经质地笑了一声，又说：

“可是只有一百五十克朗。我不知道，你不觉得太少了点吗？当然，我完全不懂，运木头到底可以赚多少呢，你认为？”

以我十五岁的年纪，我当然不是这方面的专家，但毫无疑问，它应该有这十倍不止。弗朗兹从来不隐瞒事实，运木头不是照着我父亲预计的方式，他那是孤注一掷的做法，他来帮忙只因他们是朋友。他知道我父亲为什么这么急。纵使我和我父亲赶在我们必须回头而我必须回家之前把激流里的乱木团解了，那也不够，河流铁定会很无情地随时搞破坏。七月的大雷雨过后，水位会急遽下降到正常水位，木头一定会碰撞翻倒，堆积成一团，到那时恐怕只有炸药才能解决。相互纠缠的原木不是堆积到石头岸边，就是可怜地沉到浅水底无法动弹，顶多有十分之一的原木能够及时地平安到达锯木厂。算算价钱，当然不会超过一百五十瑞典克朗。

“我不知道。”我说，“我不知道到底能赚多少钱。我毫无概念。”

我们站在华姆兰银行前面的人行砖道上，面面相觑。我绷着脸，不假颜色，就像我往常对她那样。但这天她只是显得困惑犹豫，并没有悲痛不满。她咬着嘴唇，忽然一笑说：

“啊，我们今天一天都在一起，就我和你两个人，这可不是每天都有的事，对吧？”她放声大笑，“你知道最好玩的事情是什么吗？”

“有什么好玩的？”我说。

“我们现在就非用这笔钱不可了。因为规定不准这样直接把钱带进挪威。”她笑得好大声，“好像跟货币限制有关系，这个我本来就应该知道的。都怪我平常太不用心。从现在起我一定要改，对吧？”

事实上她从来没有改过，向来糊里糊涂，多半时候都钻在她自己的异想世界里。可是这天她突然整个清醒了。她又放声大笑，一把抓住我的肩膀说：

“来。我带你去看我刚才在路上看见的一样东西。”

我们一起往车站走。现在我不怎么冷了。因为站得太久，腿很僵硬，全身麻木，不过一开始走动就觉得好多了。

我们停在一间服装店前面。

“到了。”她说着，把我往前一推，进了店里。柜台后面的一个男人走上来鞠躬。我母亲带着微笑，口齿清晰地说：

“我们要给这位年轻人买一身男装。”当然不叫“一身男装”，这样瞎猜的叫法跟它该有的称呼差很多，可是她简单一句带过，完全没有一点难为情的样子，甚至旋即摆出优雅的姿态，蹬着鞋走向挂在那头的一排西装。她抽出其中一套，从衣架上取下来展示在左手臂上，说：

“就像这件，给我儿子穿的。”她微笑着又把西装挂回去。那个男人笑眯眯地鞠个躬，量着我的腰围、裤裆，问我衬衫穿什么尺寸。这些我连想都没想过，可是我母亲知道。然后男人走到一排西装那边，取下一套他认为大小适中的深蓝色西装，指着靠店铺最后面的试衣间，示意我去试一下。他始终保持着微笑。我走入小隔间，把西装挂在挂钩上，动手宽衣。里面有一块长镜和一条凳子。店里好热，我的胃开始刺痛，沿着我两条胳臂一路痛下去。我觉得头晕想吐，便坐在凳子上，手搁在膝盖上，头埋在手里。我只穿着蓝衬衫和衬裤，要不是母亲叫喊，我一定就这么睡着了。

“你还好吧，传德？”

“哎，我还好。”我大声应着，站起来穿西装，先是裤子，接着在蓝衬衫外套上外套。非常合身。我站在那里看着镜子里的自己。然后我弯下身子穿上鞋，站直了再看自己。我看起来像是某个人。我扣上外套最上面两颗扣子，用手背擦了擦眼睛和脸，来来回回地擦，接着用手指使劲儿往后顺着头发，顺了好多次，把刘海推到一边，把鬓角的头发拢到耳朵后面。我用手指擦嘴，嘴唇刺刺的，脸上也刺刺的，我朝脸上掴了好几下。我再照镜子，抿着嘴仔细看。我转向一边，对着镜子，从肩膀侧面看，再转到另一边看。我看起来跟今天原来的那个我是完全不同的人。

我不再像个孩子了。在走出来之前，我又用手指梳了好几次头发。我发誓，母亲看见我的时候脸红了。她很快咬了一下嘴唇，走向已经转回到柜台后面的那个男人。她仍然走得很轻盈。

“我们要这件。”她说。

“这件刚好九十八克朗。”他现在的笑容灿烂了些。

我仍旧站在小隔间外面。我看见我母亲将身子倾向柜台，然后听见开收款机的声音，那个男人说：

“非常感谢，太太。”

“我可以穿着吗？”我说得好大声。他们两个同时回头看我，一齐点头。

我把旧衣服放入纸袋，卷起来夹在臂膀底下。我们走上人行道，朝着车站的方向走去。或许，还去餐馆吃了点东西。我母亲用她的手臂挽着我，我们就这样走着，手挽着手，像一对夫妻，两个人的脚步一样轻快，身高绝配。那天，她鞋跟发出的嗒嗒声在街道两边不断地回响。仿佛地心引力暂时消失了。好像在跳舞，我想着，虽然我这辈子从来没跳过舞。

我们后来再也没有这样一起走过。回到奥斯陆的家，她又一头栽进她的体重里，一辈子不离不弃。可是那天在卡尔斯塔，我们就这么手挽着手，在大街上走着。我的新西装那么合身，跟着我的每个脚步在动。从河里来的风依然在屋宇间冰冷地吹着，我用力地握紧拳头，一双手又胀又痛，指甲都抠到了肉里，但在那一刻一切仍然美好——这西装很好；走在这城市里，沿着那一条圆石子的街道慢慢地走着很好。而痛不痛的事，我们真的可以自己决定。

图书在版编目（CIP）数据

外出偷马 /（挪）佩尔·帕特森著；余国芳译. —
北京：北京联合出版公司，2019.10
ISBN 978-7-5596-3183-1

Ⅰ.①外… Ⅱ.①佩… ②余… Ⅲ.①长篇小说—挪威—现代 Ⅳ.①I533.45

中国版本图书馆CIP数据核字（2019）第076883号

著作权合同登记　图字：01-2019-3353

外出偷马
作　　者：[挪] 佩尔·帕特森
译　　者：余国芳
责任编辑：龚　将　夏应鹏

北京联合出版公司出版
（北京市西城区德外大街 83 号楼 9 层　100088）
嘉业印刷（天津）有限公司印刷　新华书店经销
字数 150 千字　880 毫米 ×1230 毫米　1/32　7.75 印张
2019 年 10 月第 1 版　2019 年 10 月第 1 次印刷
ISBN 978-7-5596-3183-1
定价：45.00 元